たましいの場所

早川義夫

筑摩書房

目次

この世で一番キレイなもの

たましいの場所

忘れていること、忘れられないこと

歌は歌のないところから聴こえてくる

文庫版のために

たましいの場所

この世で一番キレイなもの

歌を作る

一度、引退したプロレスラーが何年かたって再びリングに上がるというのは、あまり、かっこいいものではない。体力もわざの切れ味も、当然、衰えているだろうし、何でまたという気になる。わびしさを感じてしまうせいだろうか。過去を生きているようで思いきりが悪い。

僕はプロレスラーではなかったが、十八歳から二十一歳まで歌を歌っていた。しかし、どういうわけか仕事が来なくて（それでもよかったのだけれど）、なさけないことに、それが理由でグループは解散してしまった。メンバーはバラバラになり、僕は制作の仕事に回ったが、向いてないことを悟り、やめることにした。二十三歳だった。ひどく勝手なことを言えば、聞こえてくる音すべてが雑音に思えた。

あれは嫉妬だったのだろうか。同世代のいわゆる若者の言葉づかいや、喜ぶ顔がなじめなくなり、僕は早くおじいさんになろう、早くおじいさんになろうと思った。多分に意識的ではあったが、僕は歌仲間とも連絡を断ち、趣味としてでもまったく音楽から遠のき、ただただ普通の人として、町の小さな本屋の主人として暮らしはじめた。ところが、二十数年、こうしておじいさんをやっていると、今度は困ったことに無性に若い頃に戻りたくなってしまったのである。

なにしに生れてきたと問はるれば、
躊躇なく答へよう。反対しにと。
僕は、東にゐるときは、
西にゆきたいと思ひ、

金子光晴の「反対」という詩のとおりであった。

若い頃に戻りたいと思ってても戻れない。もう一度やり直したいと思ってもやり直せない。あの時代のあの風景に戻りたいと思ってももう戻れない。

後悔をしない心が若い心だと教わったことがある。後悔をしている暇などないくらい、やりたいことをやっていくのが若い心なんだとそう信じてきた。なのに、僕はいつのまにか、ああすればよかった、こうすればよかったと思うようになってしまっていたのだ。大袈裟な言い方をすれば、いつ死んでもいいなと思っていた。やりたいこともないし、何の楽しみもないような毎日が過ぎていった。

居心地の良いところはどこにあるのだろうか。僕はなにが向いているのだろうか。

日記をつけるかわりに、僕はピアノに向かった。寝る前にポロポロ、家族に内緒でポロポロ、深夜うめいて、ポロポロ弾いた。頭の中のもやもやが形にあらわれ、キレイなメロディーと、そう、これを言いたかったのだという言葉が出てきたらいいなと思った。けれど、浮かんでくる言葉とメロディーは幼い感じのものだった。たとえば「君が好きだ」とか「僕はこう思っている」なんていう歌詞が、この歳にはまったく似合わないのである。若い時ならば、周りを気にせずストレートに歌えただろうに、この歳で歌うと笑われてしまうのではないかと気になった。うしろめたさがあるからなのだろうか。つくづく、中年には歌う言葉がないんだなと思った。

そうこうしているうちに、僕は何を勘違いしたか、これでいいのだと思うようになった。鏡をみるとすぐバレてしまうが、僕は、四十五歳ではなく、僕は中学生でもあり、僕は十八歳でもあるのだと思うようになった。

この歳になってはじめてわかったことなのだが、変わったのは、見ためだけであり、考え方、感じ方は、何一つ変わっていない。成長もなければ退化もない。常識とか体裁などをいっさい気にしなければ、頭の中、心の中は、誰もが中学生であり、十八歳であるのだ。

恋をしていいのだ。叫んでいいのだ。歌を作っていいのだ。恥をかいていいのだ。答えはなくてもいい。答えを出すために生きているのだ。僕たちは生きている最中なんだ。そう思った。過去を歌うのではない。明日を歌うのとも違う。今を歌っていくのだ。

一、二年の間に五曲できた。家族に聴かれてはまずい曲なので、電気ピアノの音はヘッドホンで消し、歌詞は声に出さず、頭の中で歌った。けれど、深夜、鍵盤をたたく音と、延々と続くわけの分からないうなり声に、隣の部屋で寝ているものが「んー、うるさい！」といって爆発する時があった。同じ屋根の下に住む片方の心がどこかに行ってしまっているようで、家庭は壊れていくようであった。
なぜ、歌を作るのだろう。なぜ歌を歌うのだろう。言いたいことが言えて、やりたいことがやれて、吐き出せていれば歌は作る必要はない。語っても語っても言いそびれてしまうことや、心の底にくすぶっているものが歌になって生まれてくるのだと思う。本当のこと、言ってはいけないこと、言わなければよかったと思うようなこと、いや、やはりきちんと伝えておかなければならないことが歌われるべきことなのだと思う。そして表現されたものが、キレイに思われるか汚く思われるかが問題なのだ。

僕には才能がない。技術もない。学んだことがない。しかし、歌は作れる。誰だって作れる。こうして喋ったり、黙ったりしていることが、実は歌なのだ。「えっ」ってびっくりしたり、「あのね」って言ったり、発する言葉に全部、音符が付いているからだ。歌はその延長である。

浮かんでくるメロディーを右手で弾く。そのメロディーに言葉をのせる（逆の場合もある）。それにぴったりくる和音を左手で弾き、リズムをつける。才能のない人は、気分を盛り上げて、たとえば、悲しい時は涙があふれんばかりに感情を込めて、次に浮かぶメロディーを引き出すのだ。僕はヘトヘトになる。

歌が作れるようになって、少し元気になった。それまでは人と会うのが苦手で、極力避けていたのだが、だんだん表に出て行けるようになった。「最近どうですか？」って訊かれても「何がどうなんだよ」という気持ちにならず（実際は言いません）、「ええ、まあ」ぐらいは言えるようになった。

しかし、勘違いしてはいけない。歌を作ることが偉いわけでも、正しいわけでもない。ましてや、かっこいいわけでもない。なぜならば、日常で歌が歌えていればそれに越したことはないからである。

〈花火〉という曲を、母と兄に聴いてもらった。出来上がった曲が作品として成り立っているのかどうか知りたかった。母と兄は、内容が事実なのかどうなのかの方が気になってキョトンとしていた。

娘と妻に〈屋上〉という曲を、歌って聴かせた。娘は笑った。笑われても僕は全然怒らない。妻はピアノを弾く僕のうしろで、どういう顔をして聴いているのだろう。作曲をしている僕の部屋に「電話です」ってそおっと知らせに来た時、僕は「うるさい！」って怒鳴ったことが何度かあった（まったく、ニセ芸術家には困ったものだ）。

妻は僕の歌を甘ったるく感じて、しばらく黙っていたが、あとで「いいと思う」と言ってくれた。

ニュー・ルーディーズ・クラブ　1994.6

僕がやろうとしていること

恋をしたいから恋をするのではない。写真を撮りたいから写真を撮るのではない。写したいものがあるから撮るのだ。写したいと思う気持ちを撮るのだ。
歌いたいから歌うのではない。歌いたいことがあるから歌うのだ。自分を歌うのだ。

二十三年ぶりに人前で歌った。昔もひどかったが、僕はそれ以上にあがってしまった。司会の佐野史郎さんは僕の緊張を和らげようと、共に緊張してくれたのだが、僕は、〈君のために〉という曲を（録画だったからよかったものの）三回もトチってしまった。いくら水を飲んでも、喉の奥の方がペタッとくっついて、後半、声が出なくなってしまうのである。その度にピアノをポロッと間違えてしまう。それを三回やってしまった。自分をコントロールできない。言い訳も言えない。実にみじめだった。夢経験はないけれど、たぶん、教室でおしっこをたらしてしまった感じに似ている。

であればいいと思った。逃げ出したい気分だった。五十人ぐらいいるこのスタジオから、もしもこのまま逃げ出してしまったら、いったい僕はどうなってしまうだろう。

つげ義春に「事件」という作品がある。道端の溝に自動車の前輪をはめ込んでしまった男が車から降りて来ない。そのうちやじ馬が集まって来て「どうしたんだ、どうしたんだ」と騒ぎはじめても、男はいっこうに出て来ない。その場面を思い出した。

四回目の時、プロデューサーからヘッドホン越しに声をかけられた。

「早川さん。全然おかしくありませんから。トチったところで終わってもいいですし。そこからまた続きをやってもいいですし。プロとして完成するまでやってもいいですし。時間はいくらでもありますから……。早川さん、僕はこの歌が好きになって、何回も聴けて幸せと思っているくらいですから……」

僕は下を向きながら、ああ、こういう感じはここ何十年となかったなーと思った。僕の望んでいる場所はここなのかな、と思った。この綱の上を歩いていけば、そこにたどり着けるような気がした。

その日、僕は眠れなかった。一カ月後にひかえているコンサートが怖かった。頭の中が真っ白になってしまったらどうしよう。めちゃくちゃになってしまったらどうしよう。笑われたり、同情されたりしたらどうしよう。人との挨拶もろくにできない、こんな弱虫がどうして人前で歌う約束などしてしまったのだろう。ボロボロの気持ちで枕もとに置いてあるピアノをさわっていたら涙がこぼれそうになった。

僕はなぜ歌うのだろう。誰に向けて歌を歌うのだろう。誰が僕の歌を聴いてくれるのだろう。誰が僕を見つめていてくれるのだろう。

歌が生まれそうだった。自分の弱さを歌にしたかった。自分の醜さを歌にしたかった。自分のかっこ悪さを歌にしたかった。それしか歌にするものはない。

僕が望んでいるものは何なのだろう。僕が求めているものは何なのだろう。僕が感じたいものは何なのだろう。

この世で一番キレイなものは、いったい何なのだろう。

放送日、テレビを見た。おじいさんが恋の歌を歌っていた。弱々しい声で歌っていた。ピアノを弾く手が可哀相なくらい震えていた。恥ずかしかった。これは人に見せられないと思った。もう少し堂々と、太く歌いたかった……。ギターの渡辺勝氏と僕とを引き合わせてくれたO君が「いや、あれがいいんですよ」と言った。

ビデオでもう一度見た。やっぱり震えている。血管が浮き出ている。弱さが露出している。

しかし、考えてみれば、わざと震えているのではない。震えて何が悪い、そう思った。もしもこれを見て笑う人がいたら、そっちの方がおかしいのではないか。うまいとか、へたとか、あがっているとかあがっていないとか、そんなことはどうでもいい。何が伝わってくるか。何が見えてくるか。それが大事なのだ。

九三年九月、江古田バディにてライブ。開演前、僕は客席のざわざわを聞きながら、昔の仲間からの手紙を読み返していた。

僕の「復活」を「人生史上最強のライバル出現」と喜んでくれたE君。

「ぼくもまた歌をつくりたくなってきました。早川さんの歌には人に何かをさせたくする（何か創作意欲を湧かせる）不思議なパワーとエロチシズム（？）とがある」と書いてくれたGちゃん。

「僕でお役に立つようなことがあったら、なんでもかまいませんから、言い付けてください。早川さんがいなかったら、僕もいなかったのですから」とまで言ってくれたMさん。

舞台の袖で、僕は涙が出そうになる。涙が、弱い僕を洗い流してくれればいい。その日、配った曲順表に、僕はこう記した。

二十三年ぶりに歌うことになった。もしかして、僕はふにゃふにゃになってしまうかもしれない。しかし、僕がやろうとしていること、思っていることはこうです。いいものは、うるさくない。うぬぼれない。かっこつけない。色っぽい。悲しくなってくる。

ニュー・ルーディーズ・クラブ　1994. 9

この世で一番キレイなもの
弱い心が指先に伝わって
痛々しいほどふるえている

みんなの前で裸になって
縮こまっているみじめな僕

なぜに僕は歌を歌うのだろう
誰に何を伝えたいのだろう
もっと強く生まれたかった
しかたがないね　これが僕だもの

この世で一番キレイなものは
あなたにとって必要なもの
僕らを包む壮大な宇宙
ひとしずくの泪　求めあう命

キレイなものはどこかにあるのではなくて
あなたの中に眠ってるものなんだ
いい人はいいね　素直でいいね
キレイと思う心がキレイなのさ

いい音はなつかしい

梅津和時さんの音は素晴らしかった。うわー、なんて素晴らしいのだろうと思った。出てくる音すべてが「そうそう、それを言いたかったの」という感じであった。メロディーはもちろん、音質、音量、リズム、すべてぴったしであった。

間がいい。音の出てくる瞬間がいい。音を出してない時がいい。さらにいいのは梅津さんの音を聴くと、もっと歌いたくなってしまうことだ。僕の歌が、どれだけ梅津さんを奮い立たせているか心もとないが、音を出し合うということはそういうことなのだと思う。

リハーサルが終わって「結婚してください」とお願いしたら、梅津さんは「ええ、書類をそろえておきます」と答えてくれた。

アケタの店で演奏した。お客さんがいっぱいだった。汗だくになった。チューバの関島岳郎さん、アコーディオンのリクオさんも参加した。その後、ある雑誌で梅津さんと対談した。それまでとくに話をしたことがなかったのだが、話す必要がないくらい通じ合っていた。やはり、音で言葉は語れるのだ。

ステージで歌がうまく歌えなかった時、僕はついＰＡや音のバランスやピアノの調律が悪かったなどと何かのせいにしがちだ。後日、梅津さんはそれは違うと僕をたしなめた。どんなに悪条件でもいい演奏はできると言わんばかりだった。そうやって梅津さんはやって来たのだろう。現に梅津さんは体調の悪い時でもいい演奏をしている。いい機械がいい音を出すのではない。いい心がいい音を出すのだ。

いい音はやさしい。そして激しい。甘ったるくない。あったかい。渇いていない。元気が出てくる。いい音は、どんなに音量が大きくてもうるさく聴こえない。音量が小さくてもちゃんと聴こえてくる。

いい音はなつかしい。どこかで聴いたことがあるような気がする。それは、絵でも文章でもそうだ。ステキな人に出会った時もそうだ。しかしどこかで聴いたのではない。どこかで見たのでも、触れたのでもない。かつてどこかで会ったのでもない。

会いたかった人なのだ。求めていたものなのだ。表したかったものなのだ。ずうっと心の中にしまってあったものなのだ。

アルバムを作りたいと申し出てくれたのは、のちにマネージメントも引き受けてくれることになったW氏とE社のディレクターK氏であった。

K氏はテレビで歌った僕の〈君のために〉をカセットテープに落とし、顔と名前を伏せてプレゼンし、GOサインをもらったと話してくれた。そしてウソかホントか「彼を獲得できなかったらクビだぞ」と、上司に励まされたことも語ってくれた。僕はその冗談をえらく気に入ってしまった。

レコーディングは順調だった。ところが突然中止になってしまった。新任の会長命令である。「その方は僕の歌を聴いたことがあるのですか」と、尋ねてみた。すると「聴いてないと思う」という返事だった。なにか得体の知れない、別な力が動いているような気がした。誰かが僕をおとしいれているのではないか。

しかし、それはまったくのうぬぼれで、ただ単にはじき飛ばされただけだった。K氏は「校内暴力を起こしたい気分だ」と言って悔しがった。上司は深々と頭を下げた。W氏は怒った。僕は残念ではあったが、仕方がないと思った。怒りもなければ落胆もなかった。かりに契約違反だとしても、誰も悪く思えなかった。結局は、歌に力がなかったのだ。いい歌を作ろう。うん、もっといい曲を作ろう、そう思った。

僕は「空」をイメージした。「妻が逝って、私は、空ばかり写していた」という荒木経惟の「空」の写真と、室生犀星の「空いっぱい／おまんこになり」という詩が気になってしかたがなかったからだ。

ある日ふいにメロディーが浮かび、それを毎日くりかえして言葉が出てくるのを待った。何度も何度も手直しした。形となるまでに五カ月かかった。〈いつか〉という曲が完成した時、これでもう、アルバムは別に出なくてもいいと思った。そんな時、ソニーの渡辺純一氏から「やりましょう」と声をかけられた。

ニュー・ルーディーズ・クラブ　1995.3

いつか

誰もが心の中で歌を歌ってる
本当のものをつかむため

沈黙の中で血が騒ぐ
空にいっぱい夢を描き
僕はじいっと待っていた
あふれてくるのを　まっすぐな声で歌うことを
生きてゆく悲しみ　生きてゆく喜び
いつだってひとりなんだ　涙を落とせ
終わってはいないさ
もっと叫べ　もっと歌え

なにも変わらない　時が流れてゆく
弱さが素晴らしいのさ

どんなに飾っても隠しきれない
心の底が見えてしまう
人は見えた通りのものでしかない
弱い心が痛みを感じて
やさしさはそこから生まれてくるのだ

みにくさやいやらしさを素直にあらわせ
やさしさを歌おう
もっと見つめろ　もっと歌え

心を立たせろ　虹を立たせろ
言葉を立たせろ　音を立たせろ
足りないのではなくて　何かが多いのだ
愛を歌え　願いを歌え
美しいものは人を黙らせる
大空に映し出せ　鏡に向けて吠えろ
それが生きること
もっと身を削れ　もっと捨てて行け
もっと突き詰めろ　もっと歌え

歌は鏡である

千歳空港から札幌駅まで、窓からの眺めはまるで絵本を広げたかのようにのどかであった。家々の屋根は独特の傾斜を持ち、赤や緑に塗られている。空は青く丸い地球をすっぽりと包み、白い雲は手が届きそうなくらいすぐそこをゆっくりと動いていた。

機内で僕は若松孝二監督の脚本『エンドレス・ワルツ』を読んで久しぶりにじーんと来てしまった。原作は稲葉真弓で、阿部薫と鈴木いづみの物語だ。

阿部薫のレコードは昔一度聴いたことがある。特にいいとは思わなかった。僕は新宿を舞台にハイミナールやブロバリンをやったこともないし（どちらかというとそういうの好きでないから）、親近感はないのだが、脚本を読むとどういうわけか、主人公のどうしようもない生き方や駄目な部分がわかるような、一歩間違えれば僕もああなってしまうような切ない気持ちになった。

「僕は狂っていた。狂っていく自分がはっきりと見えた。（略）自分の出せない音に対して嫉妬していた。あんまり嫉妬が大きいので、誰かを殺すかもしれないという不安で一杯だった。」

（稲葉真弓『エンドレス・ワルツ』河出書房新社）

飛行中、耳が痛くなったのはちょっと鼻水が出て鼻をかみすぎたからかもしれない。

その日、札幌で新聞社と放送局を七カ所回った。アルバム発売とツアーに向けてのキャンペーンである。こんなことは初めてだ。東京でもかなり取材を受けた。それぞれ楽しかったが一つだけ不愉快なのがあった。インタビューを受けている間は悪い感じはしなかったのだが、いざ記事になってみて驚いた。言ってもいないことをさも言ったように、向こうの都合のいいように僕のセリフが使われてしまっているのである。ニュアンスが違う。俺はそういう喋り方はしていないよと言いたくなってしまう。どうでもいい事を取り上げる。上っ面しか見ていない。それでいて記事が面白いのかというと全然面白くない。いったい何が取柄なのかと思った。

札幌での最初のインタビュアーであるO氏はこうだった。「テープを聴かせてもらった印象を言わせていただきます。昔の言葉で言えば『異議なし』という感じでした」

嬉しかった。まず自分の感想を言う。それから質問に入る。正体を見せ合うことが大事なのだ。

評論もそうだ。知識を披露するのが評論ではない。いいか悪いかを言うのが評論ではない。自分の心の中を見せてはじめて評論家になれるのだ。自分を表現することが目的ではないけれど、結果的にその人が見えて来るようなものでなければ魅力がない。何を語ろうと、言葉は自分しか語れないのである。

たとえば、N氏の桑田佳祐氏に対する「果たし状」(「月刊VIEWS」一九九五年一月号)を読んで僕はN氏がおかしいと思った。しかし、これに関して意見をきちっと言った評論家は(僕の知る限り)渋谷陽一氏だけではなかったろうか。氏は「季刊BRIDGE」でこういう時こそ各音楽雑誌の編集長なりが見解を述べるべきだと付け加えた。同感である。週刊誌やスポーツ紙が面白半分にはやしたてただけでは、歌に対して失礼である。僕はあらゆる表現者が関心を持つべきだと思った。

僕は思う。かりに不愉快になっても、怒りを覚えても、歌に対しては(いや、その他のことでも）歌で返すべきだと思う。「ひとりでくるのを待っている。腕が鳴ります」などと物騒な物の言い方をしてはいけない。表現者なのだから言いたいことは作品に表すべきだ。作品で勝負すべきだ。

僕は昔〈ロール・オーバー・庫之助〉という歌を歌ったことがあった。それは当時、マイク真木の〈バラが咲いた〉という歌が大ヒットした時で、なんでこんなつまらない歌が売れるのかと、身のほど知らずの生意気な僕がその作者である浜口庫之助氏に捧げた歌で、

歯のない口から
よだれを垂らし
草の生えてない
お花畑に
酔わせられ酔わせられ
ロール・オーバー・庫之助

という歌詞であった。レコードは庫之助をゆらの助に変えて収録されたが、同じス

テージに何度か立ったことのあるビリー・バンバンから(彼らは浜口庫之助氏のところで学んでいたと記憶する)何か言われたこともなければ、もちろん本人からクレームなどつかなかった(まあ、相手にされなかったわけだが)。後々、島倉千代子の〈人生いろいろ〉の作曲者が浜口庫之助だと知り、「おー、なんて素晴らしい」「スイマセンでした」と素直に思っているわけで。

僕はうまく言えないから「表現の自由」を叫びたくなる。僕らが歌い出した時、僕も歌おうとした時、そうか、何を歌ってもいいんだ、自分の気持ちを自由に歌っていいんだ、と、感じて歌い出したのではなかったろうか。歌にすることによって、作品にすることによって、批判がただの批判でなくなり、個人を超えてすべての人への問いかけとなる。それは、ラブ・ソングでも同じことだ。

歌は誰に向けて歌われるのだろうか。評論は誰に向けて書かれるのだろうか。(オギャーから始まって、人間の発する音、すべてメッセージであるが)たとえば、何かに対して批判をしたとする。しかし、それは必ず跳ね返ってくる。「そういうお前は何なんだ」と必ず跳ね返ってくる。メッセージとはそういうものではないか。歌とはそういうものだと思う。

桑田氏は自分に向けて歌ったのだ。Ｎ氏は自分に向けて語ったのだ。

僕は思う。人はそれぞれ違うように見えるが、違いなんて、実はほんの小さなことで、みんな同じようなことを考え、同じ程度なのではないか。差をつけてもたかが知れている。

ものを作る人は、少し才能があるかも知れない。しかし、その才能分だけ、きっと何か駄目な部分がある。それをそばにいる人が注意してあげなければいけない。うぬぼれ過ぎないよう、落ち込まぬよう。そばにいる人が「それは、良くないよ」と言ってあげなければいけない。ほんの少し才能のある人はほんの少し耳を貸す。たくさん才能のある人は、多分たくさん聞く耳を持っている。

渋谷でのコンサートの一曲目を〈堕天使ロック〉にしたのはプロモーションスタッフ内田久喜氏の勧めであった。僕は聞く耳を持っている?!（アルバムタイトルを《この世で一番わがままなもの》にしましょうと言われたことはあるが）

松村雄策さんは（この間自由が丘の金田という店で呑んだ）、どんな形でもいいから売れてほしいと言ってくれた。なんかプロレス的な言い方で、すごい愛情を感じた。

ニュー・ルーディーズ・クラブ　1995.6

H

僕と一回、やりませんか
僕と一回、どんなものか
一回だけ、やりませんか
あなたと一回、やりたいんです
そして、もし、お互いに気に入ったら
その時は、もう一回
そういう約束で、どうでしょうか
僕と一回、やりませんか

という歌詞で曲を作ろうとずいぶん前から試みているのだが、まだ完成していない。そのうち出来るかもしれないが、もうひとつ乗り越えないと汚い歌になってしまう。

テンポの問題だろうか。「やりませんか」という言葉がいけないのか。それとも、僕自身が不潔だからだろうか。わからない。このセリフがおかしいものでなければ、大いに活用することが出来るはずなのに、僕はまだ一度も使ったことがない。出来れば見知らぬ人に、突然、声をかけたいくらいなのだが勇気がない。

僕が歌にしたくなるのは、こういうことだ。ちょっと人に言えないこと。日常では話せないこと。本来ならしまっておくこと。犯罪の匂いがすること。間違っているかもしれないこと。でも、もしかしたら、正しいこと。一歩間違えれば、かなり汚らしいこと。キレイなものとキタナイものは、紙一重なのである。

〈H〉の歌詞「君のあそこは／僕のものだよ」の「あそこ」も、できれば「内臓」にしたかった。露骨すぎるので、娘にその部分だけいろいろ言葉を変えて判断してもらったが、さすがに「〇〇〇」は却下された。

この歌を歌えば、僕にぴったりの女の子に出会えるような気がしたのである。

すごく可愛い　女の子
性格が良くて　話がはずんで

笑顔がステキで　いい匂い
すこしHで　かなりHで

いとしい気持ちを　お口にふくんで
広げてごらん　よく見えるように
僕を元気に　させてくれる
君をいっぱい　愛したい

心の中に　心を入れたい
僕は君だけに　猥褻になる
どこに出しても　いいなんて
なんて君は　キレイなんだろう

君のベッドと　僕のベッドを
支えているのは　ふたりの孤独
君のあそこは　僕のものだよ
いやらしさは　美しさ

ライブの感想をアンケート用紙に書いてもらっている。僕はそれを読むのが楽しみだ。ほんの二、三行でもじーんと来る。歌を聴いているような気がする。これこそ歌なのだと思う。

いつぞやは、「早川さんのひな菊になりたいです」というのがあった。僕はデレデレになってしまった。アンケート用紙に顔写真が貼られていないのが残念だ。

大阪では、「〈マリアンヌ〉をやっている時、私は強姦されているような気分になりました」というのがあった。次の日の京都では、曲目を変えるつもりだったのが、つい、もう一度〈マリアンヌ〉をやってしまった。

編集のSさんから、

「次の原稿のテーマは、恋愛についてお願いしたいんですけど」と言われた。

「ええっ、恥ずかしいですよ」

「ラブ・ソングの背景を……」

「いや、本当のところは、バッチイというか、通俗的というか……」

「でも、それがどのようにして、ああいう歌になるのか、そこらへんのところを」

「……うーん」

「早川さんは、どういう女性が好きなんですか」

「あっ、それはどういう音楽が好きなのか、という答と同じような気がする」

いい音楽は、なんてキレイなんだと思う。思わず声が出てしまう。身体が揺れる。ぐんぐん入って来て、うっとりする。悲しい。

どんな歌が好きなのかと訊かれても困る。どんなにいい歌でも、歌う人を好きになれなければ、その歌を好きになることが出来ない。

たとえば嫌いな言葉があっても好きな人が使うと、「アレッ、俺この言葉好きかな」と思えてしまうように。言葉ではない。音ではない。音楽はその人自身なのだ。

歌を歌うということは、セックスを連想させる。口をあけ、胸をひらき、手を広げ、声を出す。楽器を奏でることも、その演奏の仕方が、その人のセックスを連想させる。お酒の飲み方も、ご飯の食べ方も、喋り方も、笑い方も、歩き方も、みんなそれを連想させる。

人を好きになる時、何を一番重視するか。答はまちまちだ。顔、声、匂い、性格、センス、趣味、ものの考え方……。僕はまず、僕のことを好きなことだ。

僕が好きな人は、僕に似てない人。さっぱりしている人。さわやかな人。僕に反論しない人。いつもニコニコしている人。宗教を信じてない人。出来れば価値観が同じ人。品のある人。可愛い人。

僕のことを好きな人に、僕のどんなところが好きなのかを強引に訊いてみた。

本気の男。可愛い男。政治力ゼロ。ゼロがいっぱい。百点もいっぱい。一途なところ。声がいい。顔がいい（味わいがある）。皮膚がいい。喋り方がいい。ちんたくんがいい。手のひらがいい。匂いがいい。センスがいい。ぶきっちょがいい。悪い所も、もろ出し。隠せない男。おもしろい男。ぶっ飛んでいる。損得なく怒る。純情。スケべがいい。本気の方向に、目的がないところがいい。

一応、念のために、嫌いな男はどういうのかも訊いてみた。

本気が薄い。もしくは、本気の方向がくだらないところに向かっている。野心的。偽善的。道徳的。止まっている。くさっている。

いつ死んでもいいなと思った時期があった。死にたいと思ったわけではない。つまり、元気がない時期があった。そこからどのように立ち直ったかというと（ちょっと大袈裟だが）Hである。いやらしいことを想像したり、実際にしている時に、人は死にたいとは思わない。いやらしさは、生きようという生命力なのだ。

あと一週間の命ですと言われた時、僕は何を思って死んで行くだろうかと考えた。「ああ、もっといやらしいことをたくさんしとけばよかった」と言って死んで行くような気がした。次女に話したら「あたしもそうだ」と言った。（困ったものだ）もっとたくさんの人と、もっとステキな人と、もっといやらしいことを。そう考えるのは間違っているだろうか。

ニュー・ルーディーズ・クラブ　1995. 8

気持ちいいこと

二枚目のアルバム《ひまわりの花》のレコーディングを終えた。

今回の、サウンド・プロデューサーは佐久間正英さんだ。演奏をしてくれたメンバーも、新しい顔ぶれだった。

佐久間さんは、四人囃子の元メンバーで、僕は知らなかったのだけれど、いろんなミュージシャンのプロデュースを手掛けている人だ。

いまだに思い出せないのだが、僕は佐久間さんと、二十年以上も前に、一度、風月堂で会っているらしい。佐久間さんは当時、僕のファンで「どうやって曲を作るんですか?」といったことを（実は僕が今、尋ねたいようなことを）尋ねたというのだ。

初めての打合せのとき、佐久間さんは「売れるようにするんですか？　それとも、僕のなかの早川さんのイメージで作っていいのですか?」とソニーのディレクター大野氏に尋ねた。通常、レコード会社の人間なら、「ぜひ売れるように」と即答しても良さそうなのに、大野氏はどういうわけか、僕に気をつかってか、はっきりと答えなかった。そこで僕が「たくさん売れるようにお願いします」と佐久間さんに言ったのだった。

笑い話のようではあるけれど、これは、冗談でもなんでもなくて、いいものは必ず売れるのだ、という気持ちがあって、いいものを作りましょうということだった。

もし、僕一人の感覚で、アルバムを作り上げるのなら、売れる要素がまったくないものができあがってしまうように思う。暗くて、鳴っている音も少なくて、一本調子の単調なアルバムになってしまうかもしれない。

今回は、僕の歌をより輝かせてくれることを、佐久間さんにやってもらえた気がする。

前作がモノクロームのトーンだとすれば、新しいアルバムは、彩色がほどこされた感じ、音も密室から、屋外に出たような、風通しのよさがあると思う。

たとえば、人を好きになったとする。「好きだよ」と歌ってみる。けれど、「好き」と言葉にしたとたん、本当に好きなんだろうか？　と思ってしまう。もしかしたら違うんではないだろうか。もっと別な気持ちなのではないだろうか。

本当の自分の気持ちは何だろう。頭が悪いわりには、僕は追求してしまうのだ。だから、歌はなかなかできない。文章もスラスラ書けない。

いつも、頭のなかがもやもやしているだけだ。どうも僕は、新しい歌をどんどん作っていけるタイプではない。それがよく分かった。でも、僕は歌を作るのをやめないだろう。

「どうして歌うんですか?」「何を歌いたいんですか?」という問いは、僕にとって「どうして生きているんですか?」というのと同じことだ。

なぜ生きているのか?

それを、知るために歌っているのだ、とも言える。歌を歌うために生きているのではない、誰かのために歌っているのでもない。あえて言うならば、気持ち良くなるために、歌を歌っているのだ。

生きていくなかで、気持ちいいことがいちばんいい。じーんときたり、ほろりとしたり、スカッとしたり。

人と出会うのも、何かを作り上げるのも、なぜ、そうするのか、何を求めているのかと言えば、気持ち良さを求めているのだ。自分自身が気持ち良くなること。そこから始めなければならない。そこが出発点でありたい。

たとえば、嘘をつかれたくない。嫌な思いをしたくない、いじめられたくない。だから、人をいじめるのはよそう、犯すのはよそう、殺すのはよそうというふうに、つながるのだと思う。

自分がされたくないことは人にもしない。自分のためにしていることが、結果的に人のためになるのがいい。最初から、人のためにと言われると、ちょっとつらい。自分のために歌うことで、聴く人にも心地よく受けとってもらえたら最高だ。

福岡のライブでのアンケートで、「聴きおわったら、はやく、恋人のところへ行って、抱きしめたいと思いました」というのがあった。僕のライブを聴いて、自分が何かしたくなったというのがいい。歌を作りたくなったとか、好きな人に思いきって「好きだ」と打ちあけようという気持ちになったとか、自分の気持ちがかきたてられる歓びを持ってもらえることが、歌っている僕にとっても、最も気持ちのいい、うれしいことだ。

ニュー・ルーディーズ・クラブ　1995. 10

閉店の日

閉店の日、僕は、泣いてばかりいた。涙がとめどもなく出た。棚を見ているだけで、涙がこぼれた。お客さんと言葉を交わそうとするだけで、涙が出た。

閉店を知って、毎日来るお客さんがいる。もううちにはその人が買うようなものは残っていない。なのに何かしら探していく。ある人は残りの図書券を全部買っていった。岩波文庫が返品出来ないことを知って、それればかり買っていくお客さんが何人もいた。餞別を置いていく人もいた。その方は、親しいわけではなかった。店の前で立ちすくみ、入ってくるなり「ボクは寂しい」と言って泣き出した。六十歳くらいの人だ。他のお客さんが一斉にこちらを見ている。

意外だった。いわゆるお得意さんや親しいお客さん（もちろん残念がってくれたが）よりも、あまり目立たない人、一度も話をしたことがない人から惜しまれた。これは思ってもいなかったことだ。

Sさんから「元気でね」と声をかけられた。返事が出来なかった。声を出そうとすると嗚咽しそうになり「ありがとうございました」が言葉にならなかった。僕は頭を下げるだけだった。

二階に上がる。顔を洗う。鼻をかむ。目が腫れている。横になる。落ち着かない。やはりなるべく下にいようと、また店に出る。いつの間にか、花束が増えている。それを見てまた涙が出る。

「好きだったのに」、と言われた。「本屋らしい本屋だったのに」と言われた。Hな本ばかり買っていく人が「残念です」と言って深々と頭を下げた。うちは他の本屋さんよりはHだった。Hな本を気楽に買える店だった。自慢できることはそれくらいだった。

Mさんが本を取りにきた。もう来なくていいよと思ったくらい嫌なお客さんだったが、最後なので挨拶しようと思った。「長い間ありがとうございました」と口にした瞬間、涙が出そうになった。

Mさんは、度を越した美本マニアであった。平積みされている本を全部引き抜き、舐めるように点検する。ティッシュで汚れを取り（といっても、誰も気づかないくらいのものなのだが）ある時は消しゴムまで取り出した。その時はびっくりした。「消しゴムを持ち歩く男」というタイトルで短編小説が書けそうな気がした。

『ぼくは本屋のおやじさん』に登場するO氏と違って、Mさんは騒々しくないし、本の扱い方も丁寧だし、わがままを押しつけはしなかったから、その点は良かったのだが、本を選んでいる姿を僕は見たくはなかった。キレイな本が欲しければキレイな買い方をして欲しかった。キレイな買い方をしていればキレイな本は向こうからやってくるよと言いたかった。

涙が出そうになって自分でも驚いた。死ぬ間際というのは、こういう心理状態になるのではないかと思った。とどのつまり、僕は誰をも憎んでいないことを知った。お互いにぶきっちょなだけだったのだ。

Tさんはずいぶん長いこと本を選んで、いっぱい買っていかれた。レジで何か話しかけようとしたが出来なかった。Tさんの目に涙がいっぱいあって、声が出なかった。

小さい頃から立ち読みに来ていて、買ったためしがなく、いつも鼻くそをほじくったり、とにかく、可愛げがなかったので、うちでは完璧に嫌われすぐ追い返している子がいた。ところが、それでも負けずにすまーしてやって来る子で、どういうわけか、閉店を知ってからは毎日来た。来るだけならまだいいが「どうして閉店するのですか」と質問をする。いつの間にか中学生だ。その日はめずらしく買ったらしい。声が一本調子で大きい。他にお客さんもいるから邪険にもできず、娘が「いろいろと……」と答えると「駅前に（大きな）本屋ができたからでしょ（だからつぶれたんでしょ）」と言い出した。

廃業の理由の一つではあった。そして同じセリフを閉店日にも言い残していった。たまたま店にいた知り合いのお客さんが「何よ。あれ」と代わりに怒ったが、娘からあとで話を聞いた僕は、んー、復讐なのかも知れないけれど、あの子なりにうちが好きだったんだよ、とも思えた。

花束がたくさん届いた。お菓子やシャンパンや手作りの何かやハンカチや手紙もあった。

小さい頃から、私は本が好きで、読むのと同じ位、本屋にいるのが好きでした。

世田谷から引っ越して来て、なかなかなじめなかったこの街に、早川書店を見つけてから、学校や仕事の帰り、散歩の途中などに立ち寄るのが楽しみになりました。低く静かに流れる音楽とページをめくる音。レジには早川さんと静代さんがいて……。そんな中で本を選ぶ時間が大好きでした。

お店を閉めてしまうと聞いたあと、自転車をこぎながら、私はちょっと泣きました。さびしいなあと心がいいました。

本屋さんの早川さんにはさよならですね。本当に長い間、ご苦労さまでした。そして、ありがとうございました。

（I・I）

マニアックなお店というのはその中だけで世界が出来上がってしまって、なかなか保守的でよそ者は入り込めないものです。けれど、この店はまったくそんなものがありませんでした。むしろ、本を見たりして、ちょっとしたところで、あっ、この店ってマニアックだったんだと気づかされました。

（A・I）

高校からの帰りみち、こちらへ寄るのがすごく楽しみでした。

本屋さんに入ってからゆっくり好きな本をさがす、まさに至福のとき。こちらには大好きな本がいっぱいありました。『本の雑誌』も椎名誠も村上春樹もつげ義春もサラ・パレツキーもハインラインもコンラート・ローレンツもみんなここで教えてもらいました。こちらで流れ過ごした時間は本当にゆるやかでリラックスした楽しいものでした。

本を注文する方法も教えていただきました。ろくに出版社もわからない本をいやな顔ひとつしないでさがして下さいました。

そして、いつも入口で優しく応対して下さった奥様。いつもいつも同じ笑顔でむかえて頂きました。

私たちうるさくて生意気だったと思います。

大好きな大切な時間でした。

本当にありがとうございました。　（S・S）

早川書店は決して「本を買いに行く」ところではなく「本に会いに行く」場所でした。　（H・K）

歌を再開した時、最初の仕事がNHKのBS放送だった。僕はそこで緊張のあまり声が出なくなり、逃げ出したくなるくらいえらい目にあったのだが、スタッフから勇気づけられる言葉をもらった。

「早川さん、全然おかしくありませんから。僕はこの歌を好きになって、何度も聴けて幸せですから。時間はいくらでもありますから……」

その時、僕はひそかに、僕が求めていた世界はここなのだと思った。本屋でこういう緊張感はない。ものの売り買いにじーんと来る感動はなかったからだ。

しかし、それは、大きな間違いだった。目に見えないくらいの小さな感動が、本屋には毎日毎日あったのだ。感動は芸術の世界だけにあるのではなく、何でもない日常生活にも、同じようにあるのである。それを僕は、閉店の日にお客さんから学んだ。


僕は十八から歌を作り始め、二十一歳まで歌ってきた。売れなかった。スタッフとして事務所に残ったが、居心地が悪くなり離れた。机の中のものを整理してドアを閉める時、寂しかった。新宿で高田渡と呑んで「今、やめるのは卑怯だ」みたいなことを言われた。「そんなの関係ないだろ」と、僕は怒りながら、振り向きもせず改札口で別れたことを憶えている。

僕は初めて生活のことを考えた。すでに子供が二人いたので、本屋で働くことにした。長時間いられそうなところは本屋と喫茶店しか思い浮かばなかった。二十五歳で店を開いた。おじいさんになりたかった。無理があったのかもしれない。月のうち半分ぐらい鬱だった。何かが犠牲になって商売が成り立っているように感じた。つくづく商売に向いてないなと思った。かといって何が向いているかと言えば何も向いていない。

僕は仕事をおもしろくするために『読書手帖』という三十二頁の雑誌を季刊で発行した。本屋仲間と四頁仕立ての『本の新聞』を月刊で発行した。八年続いたが途中でやめた。情熱がだんだん薄れていった。

やめようと思った。やめて何をしようか何も思いつかなかったが、とにかくやめようと思った。しかし、その時は急きょ予行演習に終わった。バカみたいな話だが、どの場所よりも自分の店が一番いごこちがいいことに気づいたからである。夜、二、三人のお客さんがいる店内でレジに坐って頬杖でもついていると、ここが自分の部屋なんだと思えてきて、悪くないなと思った。

その頃からだった。力まずに歌を作ろうと思った。日記をつけるようなつもりで、でも、作品になればいいなと思った。人に伝わるものでなければ、ものを作る必要はない。血が騒ぎ始めた。

今度こそちゃんと歌いたいと思った。今度こそ逃げないで歌いたいと思った。今、輝くことができれば、過去も輝くことができるのだ。

本屋を家族にまかせて、両立させたかったけれど無理だった。棚の本がだんだん腐って行きそうだった。引き際だと思った。閉店の挨拶はこう記した。

平成七年九月三十日をもちまして、閉店することになりました。
長い間のご愛顧、感謝しております。僕が好きだったこの店の棚の匂い、色あい、空気はお客様のものでした。
おかげさまで、いっぱい、いっぱい楽しい時間を過ごすことができました。
二十二年間、本当にありがとうございました。

歌で食べられる保証はない。作品が生まれる保証もない。声が出なくなったらおしまいだ。僕は二十三歳でおじいさんになろうとし、地味な仕事についた。そして五十近くなって、今度は（衰えていく一方なのに）色気づいて、どうなるかわからない道をゆく。人生が逆になってしまった。

ニュー・ルーディーズ・クラブ　1995. 12

いい人がいい音を出す

僕は今ワープロを使っている。七年ぐらい前に買ったもので、これがまた、非常に頭が悪くて、ちょっとイライラする。たとえば、「おもいっきり」を変換すると「主一きり」になってしまう。「おしり」は「お知り」、「まわしていい」は「回して低位」、「うそっぱち」「有反っ歯地」になってしまう。それでも、紙に書くよりは能率が良い。僕は一つの原稿を書くのに、えらく時間がかかる。消したり足したり、また消したりで、下書きはもうぐちゃぐちゃになってしまうのだ。やはりワープロの方がいい。この行をあっちに入れて、こっちにこの言葉を持って来てとか、挿入したり、削除したり、移動したりするのに便利だからだ。でも何故か縦書きの場合、削除や移動の時、画面が上にずれてしまい、操作がいまいちなのである。

あるとき「じでんしゃ」が「自転車」にならない。何度やっても同じ結果だ。この時は、「もう、バッカじゃないの」と怒ってしまった。しかたなく一文字ずつ入力して「自転車」と表示したのだが、そこでやっと、自分のまちがいに気づいた。「じでんしゃ」ではなく「じてんしゃ」だったのだ。

昔、うちの父親が「デパート」のことを「デバート」、「ピストル」のことを「ビストル」と言っていたのと同じである。すっかりじじいになってしまった。

じじいと言えば、テレビのチャンネルを変えるときもつい「回していい？」と言ってしまう。昔のテレビは、チャンネルがダイヤル式で、カタカタ回していたのである。

鎌倉に引っ越した。毎朝、海に行っている。

海は気持ちがいい。広いからだ。いくら大声を出しても、迷惑にならない。ハトがいる。カラスがいる。カモメも飛んでいる。この寒いのにサーフィンをしている人もいる。砂浜でひとりゴルフの練習をしている人もいる。漁師さんもいる。沖に釣りに行く人もいる。一番多いのは、犬を連れて散歩している人だ。

僕は小さい頃、手を出して嚙まれたことがあるので、綱が外れている犬は、ちょっと怖い。案の定、ある日「あ、あ、う、う、」といいかげんな発声練習をしていたら、コリーに吠えられてしまった。まるで犯人でも見つけたように吠えまくるのだ。それからは、近くにワンちゃんがいないのを確かめてから、声を出している。

咽のほかにもう一つ不安がある。右肩と右腕が痛い。痛くなってから、もう一年以上たっている。ハリ、マッサージ、整形外科、韓国式アカ擦り（これは違うか）、いろんなところに通ったが、いっこうによくならない。ピアノの弾き方が悪いのかも知れない。変なところに力が入っている。声もそうなのだが基礎がなっていないために、無理がかかるのだ。腱鞘炎から始まって、腕、肩、背中まで痛い。

あんまり治らないので、ある時、人の紹介で「整体、気功、導引術」と看板の出ている所に行った。少しオカルトがかっていると言われてはいたのだが、治りたい一心で、とにかく行ってみた。三回目の治療中に「どうですか」と訊くので「まだ、痛いですね」と答えると「どうも治りが遅いようなので、あなたの前世を調べてみて、肩に悪い前世が乗っかっていたら、ナントカ、カントカ……、これは特別治療で、少し高くなるんですけど……」と切り出された。僕は気持ちが悪くなって、すぐそこを出た。

その人に、僕の前世が分かるわけがない。僕が昨日、何をしていたかが分からないのに、生まれる前のことが分かるわけないじゃないか。生まれる前はゼロなのであって、死んだらゼロになるのだ。死後の世界などない。死ねば，心も死ぬのだ。無になるのだ。誰かの魂が僕に宿るなんて作り話である。僕は僕でしかない。僕は自分の目で見えたものしか信じない。人に見せることが出来ないものは、見えたのではなくて、ただの想像なのだ。

引っ越して、どうしようか迷った。マッサージ、鍼灸、カイロプラクティック、整体。どこがいいか分からない。分からないので、家から一番近い所にした。自転車で行けるところだ。なんか繁盛してなさそうな、何が出てくるか分からないような構えである。

中に入ると、すぐそこが、カーテンで仕切られた治療室だ。先生が出てきた。普通の人だ。ホッとした。「肩こりなんですけど」と言うと「今日は予約が入っているから。明日はどうですか」という返事。そして「どのくらい凝っているの」と言って肩をさすってくれた。

僕は明日福岡に行くので出来れば今日やって欲しい。残念がると、先生は困った顔をして「じゃあ、夜、やれそうだったら電話しますよ」と言って、僕はその日、時間外にやってもらえたのである。

それからは一週間おきに通っている。気持ちがいい。痛みが少しずつ取れて行く。頭のてっぺんから爪先まで全身だ。首、肩、背中、腰、お尻、足、お腹、顔。押したり、さすったり、引っ張ったり、ナント一時間半もやってくれる。それでいて、料金は通常のハリや按摩さんより安い。

家で気心の知れた人から指圧を受けている感覚である。ちょうどいい強さである。

時々、ラジオのつまみを回しに行ったり、カセットをひっくり返しに（ジャズ・ピアノが好きらしい）手を休めるが、あとはずうっと力が入りっぱなしである。疲れるだろうなと思う。その証拠に先生の手や首にも治療用の絆創膏が貼ってある。休憩をとりながら、一日に四人しか出来ないそうだ。

壁には治療に関する記事や写真がぺたぺた貼ってある。何か質問をすると先生はすぐそれを指して一所懸命説明する。隣の部屋からは晩ごはんの煮物の匂いがしてきた。僕は眼鏡を外し、うつ伏せになって、されるがままになっている。あまりに気持ちがいいので、ある日僕は感動してしまった。マッサージを受けて気持ちいいと思ったことは何回もあるけれど感動したのはこれが初めてだった。

感動はどこからやって来るのだろう。先生が一所懸命だからだろうか。治してあげましょうではなく、治してあげたいという気持ちが伝わってくるからだろうか。野心がないからだろうか。素朴で、口下手で、孤独で、ぶきっちょだからだろうか。

同じ行為なのに、感動のあるものとないものとでは、いったい何に違いがあるのだろう。僕はずうっと考えていた。考えたけれどわからなかった。

愛だろうか。優しさだろうか。純粋さであろうか。何か言葉を発すると、発した瞬間から違うように思えてくる。

先生は僕の足の裏を踏みながら、歌を歌っていたのかもしれない。

芸術は感動するものである。感動しないものは芸術ではない。それは、音楽も、仕事も、人間も、恋愛も、何でもそうだ。人を感動させて、はじめてそのものになれるのだ。感動しないものは、なにものでもない。

いい人がいい仕事をする。いい人がいい音を出す。違うかな。たとえば、料理がおいしい店は、店の人も感じがいい。感じの悪い店は、結局は、料理もまずい。性格のいい女の人だけがいいおまんこを持っている。

ニュー・ルーディーズ・クラブ　1996. 2

今を生きる

ファーストアルバム《この世で一番キレイなもの》の時もそうであったが、《ひまわりの花》が完成した時、僕は、ものすごく売れるのではないかと期待してしまった。自分のことを客観的に見られない証拠であるが、かなりいい出来だと思ったし、売れてもおかしくないと思ったのである。僕は今でもそう思っていて、つまり、いまだにうぬぼれているのだが、それは僕だけではなく、たぶん作品を作っている人、みんなそうであって、そうでなければ、発表する元気も資格もない。駄目な作家は、自信過剰と自信喪失の間を行ったり来たりする。

ところで《ひまわりの花》の売れ行きは、《この世で一番キレイなもの》より、少し落ちてしまった。僕はがっかりした。しかし、それはどういうことかというと、一枚目は、ジャックスであった僕が二十数年振りに復活したということでの売れ行きであり、二枚目の《ひまわりの花》の数字こそが早川義夫のスタートラインだということを佐久間さんから指摘された。うーん、そうか。

テレビの歌番組を見てて、つい批判的に「これが、いいのかなー」と言ったら、「でも売れてるんだよ」と娘が答えた。売れているか売れていないかを知りたいんじゃない。あなたが好きか嫌いかを答えて欲しい。

「よっちゃん、すごいじゃないの」と姉が言う。「えっ、何が」「〇〇さんが誉めてたわよ」嬉しくない。あなたがどう思ったかを知りたい。

ドッグ・ハウス・スタジオで、アルバムのタイトルを考えながら、全曲を通して聴いた時、いろいろな題名が浮かんだ。今思うと照れくさいが、その中に「ロック」というのがあった。《この世で一番キレイなもの》よりロックっぽく仕上がったせいもあるが、一番ロックっぽくない〈花火〉を聴いて「ロック」というタイトルが浮かんだ。

〈堕天使ロック〉の間奏では鯉が跳ね、〈ラブ・ゼネレーション〉のエンディングでは犬が吠える。〈身体と歌だけの関係〉は暴走する車の中で聴くと最高だ。〈ひまわりの花〉ではギターのノイズが一瞬、雨音に聞こえ「歌と沈黙とノイズ」という題名が浮かんだ。最終的にタイトルは《ひまわりの花》に落ち着いたのだが、どうして「ロック」にしなかったかというと、自分で言ってはいけないなと思ったからである。

僕は昔、自分の歌を、フォークではなく、ロックではなく、歌謡曲なんだとわざと口にしていたことがあった。しかし、実はロックという言葉の響きに憧れていたのかも知れない。今はもう、そんなジャンルはどうでもいいが、だいたい僕の声は、うなると浪曲に近いのだが、めざしているものはロックだった。

たしかに歌謡曲を好きだなんて、かっこ悪いことであったが、あの時代の、フォークからロックに変わろうとする時期のロックは、僕が歌の世界から離れようとしていたせいも多分にあるが、なんかうさん臭かった。たとえば、僕は、森進一の「明日はいらない／今夜が欲しい」と歌う〈港町ブルース〉や、北原ミレイの「泣くことはない／死ぬことはない／棄てるものがあるうちはいい」を聴いて、これこそロックだと思っていたのである。

僕は「日劇ウエスタン・カーニバル」の尾藤イサオが好きだった。思えばプレスリーの真似なのであろうが、身体を痙攣させて歌う姿に色気を感じた。ビートルズが、ラジオから流れてきた。衝撃的だった。今までの音楽とはまったく別のものに思えた。涙が出そうになった。歌の意味はわからないのに、歌というのは、ああやって心の中のもやもやを叫び出すものなのだと思った。僕も歌いたくなった。新宿ACBでスパイダースを見た。キンクスやビートルズのコピーがあまりにうまいのでびっくりした。GSブームになった。テンプターズの松崎さんも震えながら歌っていた。

僕が作る歌は、ビートルズに似ても似つかなかった。どのジャンルに当てはまるのかよくわからない。だから「ジャックスは日本語のロックの元祖」みたいな表現をされると、ちょっと落ち着かない。ロックをやってきた人たちに対し申し訳なく思うのである。別に僕が言い出した訳ではないから気にしなくていいのかも知れないが。また「伝説」というのも困る。何が「伝説」なのかよくわからない。そういうふうに言われているらしいから、とりあえず、そのように紹介しようかという程度だからよけい落ち着かない。でも、そこで否定したりすると、かえって話が長くなるから聞き流している。過去はどうでもいい。今、どうなのかだけが大切なのだ。

僕は自分の昔のアルバムを聴けない。人に薦められない、欠点ばかり目立つからだ。もちろん、僕のせいであるが、不安定で、情けないくらいへたである。うまさを表現する必要はないけれど、へたさを表現する必要もない。待ち切れないで歌ったということだけが取柄だった。

僕は今の僕の声の方が、断然好きだ。昔のは、いい曲もあるけれど、わけのわからないものもある。キレイなものと汚いものがごっちゃになっている。いまさら修正はきかないのに、ああすればよかったこうすればよかったと悔やんでしまう。楽しいこともあっただろうに、たとえば、解散しようと話し合った時の会話がよみがえってくる。どう説明したらいいのだろう。不幸なバンドだったとしか言いようがない。僕にとってジャックスは、離婚した女のような存在なのである。

別れた理由や、続けられなかったことをいったい何のせいにすればいいのだろう。すべての言い訳は醜い。そういう運命だったのだ。あれでよかったのだ。あれが正しかったのだ。そう思うためには、今、幸せになればいいのだ。今、不幸だと過去のせいになる。今、輝くことができれば、過去も輝くことができる。僕たちは、過去に生きているのではない。今を生きているのだ。

僕は過去を否定しているのではない。ただ、僕としては、僕個人の問題であるが、不完全燃焼で終わってしまったことの気持ち悪さと悔しさで、出来ないかもしれないけれど、もう一度、最初から、仕切り直して、歌おうと思っているのである。

キャンペーンでこんなことがあった。インタビューをしてくれた人が昔からのジャックスファンで、ところが、僕の新しいアルバムの話をしてくれない。自分がどれだけジャックスを好きだったかということばかりだ。もちろん、いい人なのだが、僕はああ、そうですか、それはどうもありがとうございますしか答えられなかった。新曲の感想を尋ねると「声が老けた」と言われてしまった。どうもピンと来なかったらしい。

そこまでは去年の話だった。今年のインタビューも同じ人であった。まさか、今回はもうジャックスの話は出ないだろうと思ったら、なんと去年と同じ調子であった。その人は僕に対して、時間が動いていなかった。過去が現在になっている。「きのうもね、ジャックスの記事が載っていた雑誌を引っ張り出して来て、寝ながら仰向けになって見てたんですよ」と嬉しそうに喋る。

かりに「あなたの過去は素晴らしかった」と誉められた時、あなたは嬉しいだろうか。僕は嬉しくない。たとえ老人になっても、嬉しくない。問題は今なのだ。今、楽しいか、今、幸せか、今、輝いているかどうかだけなのである。

歌謡曲は過去を歌い、フォークは未来を歌い、ロックは今を歌う。歌謡曲は絶望を歌い、フォークは希望を歌い、ロックは欲望を歌う。楽器で決まるのではない。何を歌っているか。どこに向けて歌っているか。どの場所で歌っているか。どこで裸になろうとしているか。どこで息を吸っているかで決まる。

しかし、ロックがかっこよくて歌謡曲がかっこ悪いのではない。村松友視の『私、プロレスの味方です』の言い方を借りれば、クラシックが一流で、歌謡曲が三流なのではない。クラシックの中に一流と三流があり、歌謡曲の中に一流と三流があるのだ。ロックの中に素晴らしいものと素晴らしくないものがあり、フォークの中に素晴らしいものと素晴らしくないものがあるのである。あなたが一流で、私が三流なのではない。あなたの中に一流と三流があり、私の中に一流と三流があるのだ。

ニュー・ルーディーズ・クラブ　1996. 4

たましいの場所

お正月

大晦日、義兄がやってきた。お酒を持ってやってきた。その十五分ほど前、電話が入り、うちのが「あっ、わかりました」と応え、「あっ、ちょっと待って下さい」と僕に代わる。僕はわざわざ代わるくらいだから、一瞬、母親なのかなと思ったら、義兄だった。なんのことはない、「今からちょっと借りていたCDを返しに行くから」と、たぶん同じことを繰り返した。「あっ、はい」と返事はしたものの。あれっ、もしかして、飲むことになるのかなと不安になった。

時間は、夕方四時。ちょうどプールにでも行こうと思っていた。そして、六時か七時ぐらいから、今日はうちのとゆっくりテレビでも見ながら、トランプでもして、かまぼこに菊正のたる酒、おそばを茹でて、二人でしみじみと一年を振り返ろうかなんて思っていたのだ。

しかしなー、電話で「あっ、はい」と答えておきながら、プールに行っちゃーなー。

まるで、逃げているみたいだしなー。まいったなー。僕は年明けにやるライブの練習をしていたのだ。そうだ、原稿も書かなきゃいけない。急に忙しくなる。ピアノを弾きながら、妻に八つ当たり。「いちいち、電話、代わるんじゃないよ」。

姉夫婦は、前から僕らと同じ市内に住んでいて、しかし、これまでに行き来はなく、別に仲が悪いというわけではないのだが、まあ、僕が変わり者ということで、人間嫌い、挨拶しない、怒り出すと何するかわからないみたいなところで、（ちなみに僕は七人兄弟の末っ子なのだが）、誰とも付き合いはなかった。ただ、母親のところへ行った時に、せいぜい顔を合わせるくらいだった。それが最近、僕も丸くなって、実は表面上だけなのだが、なんだ、よっちゃんも、ちゃんと喋れるようになったんだと思われるようになって、僕は僕で、昔から普通でありたいと願っているし、変わっている人よりも、普通の人の方が断然かっこいいと思っているし、何より自分こそ普通だと思っているところもあって。

これまで、姉たちと道端で会わなかったのが不思議なくらいだった。が、今年の夏、偶然、義兄とスーパーの前で会い、ちょっと立ち話、なんかこういう風景もいいなーという感じで、なにせ僕は普通な人間だから、「猫見に来る？」って、僕が家に誘ったのだ。義兄は気さくな人で、家に入るなり、「あれっ、こんな狭かったっけ」とか、「ああ、この木は残したんだ」と、なにしろ、この土地の元持ち主は母で、それを昔、姉夫婦が借りて暮らしていたこともあり、義兄にとってはなつかしい土地なのである。

隣の家からやってきたおっきな猫を見せると、ああ、これなら、もらいがいはあるわなんて言ってくれるし、最近やり始めた絵について、「右手で描くと上手すぎちゃうから、このごろは、左手で描いてんだよ」と冗談か本気かわからないような話が面白くて、ならば僕も左手で作曲しようかななどとはしゃいだりして、話が盛り上がり、ビールの二杯も飲んだのである。

義兄は長いこと東京の方で繊維関係の仕事をしていて、数年前にやめ、それから絵を描き出した。絵が自分に合っているらしい。朝、目が覚めると、すぐ描きたくなるという。僕も本屋をやめて、今は歌を歌っているから同じようなものだ。もっとも僕は、朝、起きるたびに歌いたくなったり、歌が生まれて来るわけではない。

義兄は絵が上手だ。ものの形や表情をちゃんとつかんでいる。しかし、何だろう。じーんとは来ない。きっと、絵を描いているからで、自分を描いていないからだ。そう思っても、そんな偉そうなことは言えない。ただ、二回目に、猫の写真を借りに来た時、熊谷守一の画集を見せた。熊谷守一は白洲正子の随筆で知った人で、「日輪」などは、魂そのもののようで拝んでしまいそうだ。「下品な人は下品な絵をかきなさい。ばかな人はばかな絵をかきなさい。下手な人は下手な絵をかきなさい」という彼の言葉が僕は好きだ。

三度目は、「よっちゃんのCDを貸してくれ」という。何でも、「〈サルビアの花〉をカラオケで歌いたいから練習したいんだ」と言う。いつも、バタバタと来てバタバタと帰って行く。その時だったか、「今度、飲もうよ」と言われた。僕は「ああ、うん」と気のあるようなないような返事をした。

どうして、言いたいことが、本当の気持ちが、タイミングよく切り出せないのだろう。こんなことを言ったら相手が気を悪くするだろうとか、もし僕が逆の立場だったら、断られたくないだろうななどと思ったりして、それほど気の進まないこともはっきり嫌だとは言えない。こういう場合は良くて、こういう場合はダメでなどと、自分の気持ちをこと細かく説明できない。さわやかに誘うことも出来なければ、断る方法も知らない。

かつて、結婚当初（僕は結婚が早かった）、友達を家に呼んでは、将棋を指したり、ご飯を食べたり、お酒を飲んだりした。関西からの歌仲間もけっこう泊りに来た。もっとも僕は人の家には行かなかった。そして、本屋をはじめてからも、昔の友達とは、すぐ会いたくなり、家に呼び、本屋の二階で遅くまで飲んだりしたのだ。それが、いつごろからだろうか。仕事がきつかったせいだろうか。だんだん、つらくなり、友達を呼ばなくなってしまった。「おいでよ」と自分から誘っておいて、「じゃあ、何時ごろ行くね」「うん、じゃあ、待ってる」のあと、急に落ち着かなくなってしまうのだ。色川武大の『怪しい来客簿』のように、相手がこちらに向かってくることを想像しだすと、なんか怖くなって来るのだ。いっそ突然来られた方がいい。約束というのは、嫌なものである。

僕がやっていた本屋は、僕の部屋だった。たとえば、夕方、数人のお客さんが棚に向かって、本を広げている。僕はレジに坐りながら、好きな音楽をかけ、ぼーっとしている。店の空気や、棚の色合いが好きだった。ひとつの部屋で、目も合わさず、言葉を交わさないのが心地良かった。だから、とんでもない客や喋らねばならぬお客さんが来るとひどく疲れた。商売には向いていなかった。本が好きで本屋を始めたけれど、本よりも人間が好きでなければならなかったのだ。

本屋をやめ、鎌倉に移り住んでからというもの、僕はほとんど人を呼んでいない。疲れてしまったのだ。何かの関係で、鎌倉まで行きますよと言われたりすると、いや、僕が東京に出ますなどと慌てて答えたりする。

しかし、本当は呼びたいのだ。美味しいものを食べて、飲んで、笑って、泊まってもらう。朝は、海に散歩に行ったり、夏は花火大会もあるし、冬は八幡様にお参りもいい。ねえ、友達を呼べばいいのに、ねえ。

予感はあたった。予感というのは当たるものだ。予感が呼び寄せてしまうのだろうか。

「つまみも持ってきたよ」と何やら袋から取り出す。浮かない僕に「あれ、あんまり飲めないんだ」とお酒を注がれながら言われる。「これ、一本飲んだら帰るからさ」。たしかに、さっと飲んでさっと帰るつもりだったのだろう。ちょっと、乾杯したかっただけなのだ。いい人なのだ。その気持ちはわかる。それにしても、やけにピッチが早い。いけないのは、僕だ。

「しいこ、他に何かおつまみ出してよ」。これは、自然の成り行きだ。一本が二本。二本が三本。

義兄が帰ってから、「まいったなー」。「こんなはずじゃなかった」とこぼす。飲み過ぎて、その日はそのまま寝てしまった。

元日。昨日のお酒が、まだ残っている。とても正月気分ではない。しかし、僕は前から、いわゆる行事、儀式、しきたり、みたいなものはどうでもいい。誕生日もクリスマスもお正月もバレンタインも結婚式もお葬式もなくなればいいと思っているくらいだ。つまらない男だ。二十世紀も二十一世紀も関係ない。ただ、しょうがなくて、世間にちょっと、合わせているだけなのである。

夕方、次女の桃子から電話。「今から、Mちゃんと行くから」。すでにこちらに向かっているらしい。「桃子が来るって」。「えっ、じゃ、俺、プール行ってくる」

Mちゃんは、桃子の恋人で、結婚はしていないのだが、もうずいぶんと長く付き合っていて、今年は、お年玉を用意しておいた。お茶だけというわけには行かないだろう、なにせ、お正月だから。やはり、お酒になり、お酒が入れば、きっと長くなる。僕はプールで泳ぎながら、何で俺は正月から逃げているのだろうと思った。

二日、近所に住んでいるはとが来た。はとは長女で、早くに結婚し、早くに離婚し、子供もいる。最近、これもけっこう長く付き合っているOちゃんという恋人とやっと三人で暮らし始め、近くに引っ越して来たのだ。MちゃんもOちゃんもなかなか真面目で、とても俺なんか真似できないなと実のところ思っていて、まあ、うちの娘たちはいいの摑まえたよね、いったい何の特技があるんだろうね、などと冗談を言ってよくうちのと話していたのだ。「パパ、Oちゃんがお正月の挨拶に来たいって」。ところが、思わず僕は、「いいよ。来なくていいよ。挨拶はいらないよ」と、つい怒り調子で言ってしまったのだ。はとは、寂しそうに帰って行った。どうして怒ってしまったのだろう。何か別な理由があったのだろうか。もうよそう。逢いたい人とは逢えないものだ。

たとえば、入院している時、死と隣り合わせぐらいの時、お見舞いに来て欲しい人と来て欲しくない人がいる。そばにいても疲れない、空気のような存在、喋らなくても間が持てるような人、そういう人でないと僕はもう駄目になってしまったのだ。

晶文社ホームページ　2001.3

父さんへの手紙

何か嫌なことがあったり、不愉快なことがあったわけでもないのに、よく通っていた店へ、急に行かなくなることがある。けっこう気に入っていて、ひんぱんに通い、自然と名前も顔も覚えられ、ああ、そうなんですかなどと店の人と仲良く喋ったりしていたのに、どういうわけか、突然、足が遠のいてしまう。ちょっと、行くのに間が空いたり、一度、その店の前を素通りしてしまったり、なぜか、避けて通ったりすると、なんだか、もうそれっきり行きづらくなって、ずうっと行きづらくなって、ついには行かなくなってしまう。柳美里のエッセイ集にそんな内容のことが書かれてあって、ああ同じ、と思った。どうしてだろう。何か無理があったのだろうか。たとえば、挨拶が億劫になったのだろうか。優しさがうっとうしくなったのだろうか。これというはっきりとした理由がない。いや、理由は、いつも、たくさんあって、どうにでも言えて、わからない。

柳美里の本の中に、もう一つ、わからないことがあった。女学生のころ、バスの中で痴漢に遭うのだが、その時、されるがままにしていたという話だ。

島村洋子のエッセイにも、これと似たような話がある。歯の治療中に、歯医者さんから、「キスしてもいいかい」と言われ、「はい、今、麻酔でしびれてますけど、どうぞ」と言って、受けた話だ。これも変である。その時、どういう気持ちだったのか、状況だけで、心理状態が書かれていない。僕には、読み取れなかった。だから、僕は勝手に、妙な気持ちになっている。

お蕎麦を食べる時、ズズズズズーと、ものすごい音を立てて食べる人がいる。まるで、音を立てるのが正しいのだと言わんばかりに、事実、そうらしいのだが。しかし、ちょっと、無理があるのではないだろうか。わざとらしいのだ。うるさいのだ。汚らしいのだ。それとも、もしかして、同じズズズの音でも、音楽のように、いい音とばっちい音があるのだろうか。好きな人の音は、心地よく思え、嫌いな人の音は、気持ち悪く思える。音はセックスだ。

四十年ぐらい前だろうか、ナイフとフォークの使い方を教わったことがある。正式にではなく、たとえば、姉あたりから、こうするらしいよといった感じで。本当に正しいのか、正しくないのか、いまだにわからない。左手にフォークを持ち、右手にナイフを持ち、フォークの背中に、ナイフでご飯を乗せて食べるあのやり方。そんな芸当、本当なのだろうか。誰かが嘘を教え、それが、広まってしまっただけなのではないだろうか。

もちろん、箸やお茶碗の持ち方が異様に変だったり、ご飯粒やおかずを平然と残すのは僕だって嫌だけれど、それ以外のこと、たとえば、ワインの飲み方は、こうしてああしてとか、鮨《すし》はこれが粋なんだみたいなのは苦手だ。

うちは、ずうっと、商売をしていた家で、貧しくはなかったのだが、食事などに関しては、えらく質素というか、贅沢なものは、いっさいなかった。お手伝いさんは、常にいたが、母親は、ずうっと仕事をしていた。ビルに住んでいたり、なぜかキャデラックもあったのに、お金持ちだった感覚がまったくない。そんな家庭だった。

父はつつましかった。小学校もろくに卒業できず、丁稚奉公して、露天商からだんだんと店を大きくしていったような、いわゆる、苦労人、働き者、まじめ一筋というタイプである。〈父さんへの手紙〉という歌のとおり、母とデイトした時も、母が「氷でも食べましょうか」と、氷屋の前で言ったら（昔は氷屋が喫茶店のようなものだった）、「私はここで待っていますから、あなた一人で食べて来なさい」と言った話は、本当なのである。

歳をとって、ますます父に似てきたから、よくわかる。ケチというのとも違う。そういう店に入るのが、本当に好きじゃないのである。楽しめない。落ち着かない。狭っ苦しいところや、きどったところで食べるくらいなら、家でのんびり食べた方がよっぽどいい。

口にしたことがないものを食べるのは、勇気がいる。初めての人と食事をするのは、緊張する。メニューを見て選んで注文するのは、威張っているような気がする。料理を作っている人や給仕をする人がそばにいると落ち着かない。友だちのおべんとうをつまめない。人の食べている姿をあまり見たくない。食べるのはセックスそのものだ。こればっかり。

父が亡くなって、母が思い出話として、父のことを話す時は、決まって、食べものの話だ。二人でどこかへ出かけても、父は、ほとんど、何か美味しいものを食べさせに連れて行ってはくれなかったらしい。その話が好きで、お母さんが、「嫌んなっちゃうよ」と言うたびに、僕はそういうのって、いいなーと思う。

お蕎麦屋に入っても、一番安いものしか頼まない。とんかつ屋に入っても、一番めだたない、悪い席に座ろうとする。その感じ、僕はわかる。食べもの屋で、通ぶって、大きな顔が出来ないのである。しかし、そんな父が、死ぬ間際に、「お鮨を食べたい」と言ったらしい。

うちのが、お鮨食べたいなと言っても、僕はふざけて、父の真似をして、「お鮨はすっぱいから嫌いだ」と言う。すると、「いいわよ、死ぬ間際、お鮨食べたいと言っても、食べさせてあげないからね」と言う。そんな会話を何度交わしたことだろう。

この間、母を見舞いに病院に行ったら、母が一緒に食べたいけど、私は食べられないから、よっちゃん、ふだん、ラーメンばっかりで、美味しいもの食べてないだろうから、ごちそうしてあげるわよと言って、いいよって断ったのに、何度も言われ、お金までくれたので、お母さんの薦めるお店に、うちのと食べに行った。名の知れたところだ。ところが、美味しくなかった。それでいて、高い。その上、サービス料を取られたのでびっくりした。いったい、何をサービスしてくれたのかと思った。お水を持って来たのが、サービスなのか。そんなの、どこだって、やってるじゃないか。本屋なんか、サービス料を取らないで、立ち読みさせ、場合によっては、配達までして、偉いなと思う。そんなことを思うくらいだから、僕は外食できないのである。

ビールの利き酒をやったことがある。娘と妻と、コップに何種類かのビールをつぎ、目隠しをして、どれが美味しいかと、銘柄を当てるやつだ。何回かやっているうちに、変わらぬ美味しさと、好みのビールが見つかった。それは、何度やっても同じ結果になった。不思議と三人とも一致したのである。それは、ビールではなく、なんと、発泡酒のサッポロブロイだった。実に、つつましく出来ている。

ぎっくり腰をやったことがある。床に寝たまま、三日間動けなかった。立ち上がることが出来ず、病院にも行けなかった。トイレは、這って行った。狭い場所で、足が上を向き、ひっくり返った。うちのがそれを見て、笑った。手を引っ張ってもらい、そのまま、引きずってもらった。つげ義春の漫画「必殺するめ固め」を思い浮かべた。強盗が押し入って来て、目の前で、女房が強姦されても、夫は身動き出来ず、涙を流している、そんな場面を想像した。

礼儀知らずだから、礼儀を欠かれても気にならない。

人に使われたくないから、人を使わない。

本屋をやめて、もしも、何もしなかったら、犯罪者になってしまうのではないかと思った。世間と何かしらつながりを持たないと、あぶないと思った。

自慢する人ほど、たいしたことはない。それがばれてしまうのに、どうして自慢するのだろう。うちの父がそうだった。兄や姉もそうだ。まいった。だから、自分は自慢しないように心がけているんだけれど、やはり、気づかないだけなのだろう。

外で威張れないから、家で威張っている。外で迷惑をかけないかわりに、家で迷惑をかける。迷惑をかけないようにしていて、最終的には、一番、迷惑をかける。

晶文社ホームページ　2001.4

父さんへの手紙

昔、父さんが母さんとデイトした時
氷屋の前で父さんが言ったセリフ
私は外で待っていますから

あなただけ食べて来なさい
そんなおかしな父さんが
困るけど好きだよ
同じ血が流れている

ねえ父さん、お元気ですか
あれから僕は歌を歌ってます
自分の中の手に負えぬ部分や
行き場のない悲しみや思いを
何一つわかってないけど
美しいものをつかみたくて
父さんにも聴いてもらいたくて

ねえ父さん、箱根奥湯本にいい温泉があるんだ
ねえ父さん、月を見ながら一緒に温まろうよ

相も変わらず僕は偏屈なので

人と同じ気持ちになれない
父さんの墓参りにも行かず
ぼんやりと空を眺めてます
暗い土の中に父さんが
眠っているわけはない
それぞれの心の中さ

ねえ父さん、あらゆる儀式はわざとらしく無駄で滑稽なものだよね
ねえ父さん、どうしたら僕は素直になれるのでしょうか
ねえ父さん、もっと打ち解けてしみじみと語り笑い合いたかった
ねえ父さん、また母さんと一緒に花火を見ようね

母の死

通夜の日、チャコを散歩させながら、やはり、この犬は僕が引き取ろうと思った。一度は断ったのだが、母もそれを望んでいたようだし、母と一緒に暮らさなかった分、そうするのが正しいような気がした。

柴犬のメスで、もう八歳になる。母の話によると、とてもいい子で賢いらしい。よーく言い聞かせると何でもわかるのだという。たしかに、母のところへ遊びに行くと、チャコはお腹まで見せて僕になつくのだが、母がその場を離れると、途端にプイと横を向いてしまうようなところがあって、飼い主に忠実とはいえ、誰にでもなついてしまうようなバカ犬でないところが、僕にはもうひとつなじめなかった。というのも、僕は小さい頃、犬に嚙まれたことがあり、たとえば、股など嗅がれたりすると、おおい嚙み付かないでくれよとちょっと不安になるくらいで、お義理で頭を撫でていたことが、ばれていたのかも知れない。といっても、決して嫌いというのではなく、犬の中では柴犬が一番僕に似合いそうだし、犬と猫が仲良くじゃれあっているのを見ると、いいなーと思ったりする。

母は自分が死んだらチャコをどうしようかと一年ぐらい前から心配していた。僕には、三人の兄と三人の姉がいるのだが、「よっちゃんとこ、どう」と姉から尋ねられたことがあった。「えっ、他に行くところないの」「そうなのよ、みんなダメなのよ」「うーん、他に行くところないんだったら、うん、いいよ」と一度はOKしたのだ。

ところが、うちには猫がいる。仲良く出来ればいいけど、もしかして、どっちかが精神的にまいってしまうのではないだろうか、家の中は毛だらけになっちゃうだろうなとか、いろいろなことが心配になってきた。決定的だったのは、何年か前、姉がチャコを一週間ほど預かったことがあり、その時、おしっことうんちをチャコが我慢して、東京に帰りたがったなんて話をあとで聞いたもんだから、ひどく憂鬱になってしまったのだ。

ねえ、もう一度、チャコにとってどこが一番幸せなのか、考え直した方がいいんじゃないのと、僕は断った。そして、母と一番上の姉がどうしようねと悩んでいる時に、二番目の姉が、そんなに悩むくらいなら、私が飼うわよという感じで、もらわれ場所が落ち着いていたのだ。

それ以来、チャコのことで母と話したことはなかった。断ったことが気になっていたし、チャコの行き先が決まって安心したという話も聞かなかった。実は、僕の中にチャコと散歩したい気持ちが少し残っていたのだ。

半年後、母は死んだ。父は十二年前に死んでいる。母がひとりぼっちになった時、子供たちの中で、誰一人積極的に、一緒に住もうというものは現れなかった。母は東京の家を離れたがらなかったし、子供たちは、みな、母のことが好きで、大事にしたい気持ちはあっても、それ以上に、それぞれの家族を大事にしていた。数年間、兄が一緒に暮らしたり、孫の誰かが住んだこともあったが、長くは続かなかった。何十年も離れて暮らしていた人間が同じ屋根の下で暮らすのは、むずかしい。食べものの味も違えば、価値観も違うし、生活のサイクルも違う。だから、母は元気なうちはお手伝いさんとチャコと暮らし、子供たちは交代で顔を出しに行っていた。それは、自分たちの老後にもつながっている。

死ぬ間際、母は少し苦しみ、その痛みを和らげるために、軽い睡眠薬を投与された。病室で僕は「チャコが体に張り付いている」という母のうわごとを聞いた。張り付くなんて言葉、母からはじめて聞いたので、本当に張り付いているのだろうと思った。

その時も、まだ僕は「お母さん、心配しないで、チャコは僕が面倒見るから」と口には出せなかった。結局、それを伝えぬまま、母は死んでいった。そして、「産んでくれてありがとう」という言葉も、ついに僕は言えなかった。

前に、母親の家に泊まった時、つまらないことで怒ってしまったことがある。別に母親が悪いわけではなく、怒る必要もないことだった。よほど僕は別のことでイライラしていたのだろう。その晩、僕は不機嫌なまま床につき、明け方、夢を見た。夢なのか、実際にあったことなのか、今でもよくわからない。チャコの、廊下をカッカッカッと走る音が聞こえる。次に、障子をすうっと開け、僕が寝ているふとんをはぎ、胸のあたりを前足でトントンとたたく。そして、「よしお、そんなに怒るもんじゃないよ」って言うのだ。チャコが、いつのまにか、父親の声になっている。

それで目が覚めた。もともと、僕はそういう、霊とかなんとかっていう、目に見えないものをあまり信用しない方なのだけど、初めて、あれっと思った。夢なのだと思うけれど、チャコの体の中に、中か外かは知らないけれど、父の魂が張り付いているのだと感じた。

もうひとつ、こんなことがあった。父の墓参りを僕だけしていないので、母親から、さんざん、行きなさいよと言われていた。僕は〈父さんへの手紙〉という歌のとおり、暗い土の中に父親がいるとは思えず、父はいつも空の上か自分の心の中にいると思っているから、お墓参りなどという形式は必要ないと考えている。でもまあ、母親を悲しませるのは望みではないから、ある日、ピクニック気分で、多磨墓地まで行ったのだ。花を添え、水をかけ、ほらね、ちゃんとお墓参りしましたよという写真を撮った。その時、空がやけに青々と絵に描いたようにキレイだったのが印象的だった。

出来上がった写真を母親のところに見せに行った時、そんな話をしたら、ちょうど、二番目の姉がいて、「そうなのよ。私もね、お墓参りした帰り道、車から見た夕焼けがものすごくキレイで、いままで見たこともないような、もう、総天然色で。きっと、お父さんがありがとうって感謝しているのよ」と興奮気味に言う。それから、延々と、そんな話が次から次へと続いて、だから、ご先祖様を大事にして、なんとかかんとか、声は大きい、話は長い、まいったなーと思っていたら、姉と僕の間に、チャコがすうっと入って来たのだ。畳の部屋だから、ちょうど、チャコの耳が姉の口元に位置する。姉の話を僕の代わりに聞いてくれようとしているのだ。姉は、そんなことお構いなしに喋り続ける。チャコは、じっとお座りの姿勢。母親はいつのまにか眠っている。

その時も思った。チャコの中に、お父さんが入っているのではないかと。「よしおも偉くなったたね。私も一緒に聞いてあげるよ」と。話が一段落して、姉が向こうの部屋に行った時、母が目を開けて「よくまあ、話がつきないね」と言った。母は起きていたのだ。

葬儀は、教会で行なわれた。最初に黙禱があり、その時、はじめて涙がこぼれた。なんの曲か知らないが、パイプオルガンの音色を聴きながら、母が天に昇っていくようにに思えた。みな、それぞれ泣く場所が違う。しーこは、棺に誰かがたばこを入れたのを見て、ふいに、涙が止まらなくなってしまった。

母は、隠れてたばこを吸っていた。子供たちに、お酒もたばこも控えなさいよと言っておきながら、何十年も前から吸っていた。父は、酒もたばこもやらない典型的なかたぶつだったが、一度だけ、浮気だか本気だかをした。その時に、母はたばこを覚えたらしい。

母が隠れてたばこを吸っていたというのは、家族全員は知らなかった。知っている人も知らぬふりをしていた。人は、みな、何かを隠して生きている。

チャコは、すべてがわかっているのだろう。今日から、飼い主が変わることも。だから、とても素直に僕のところについてきた。告別式の夜、チャコを車で連れて行った。家に着き、猫のミータンと顔を合わせても、お互いに吠えたり鳴いたりしなかった。無関心を装い、距離をおいたままである。それで、ひとまず安心した。翌朝、海岸を散歩した。砂浜が気に入ったらしく、チャコははしゃぐ。おしっこもうんちもしたので、ホッとした。チャコは食べすぎで太っているせいか、おしりをふりながら歩く。柴犬を飼っている人から、何犬ですかと訊かれた。駅の方では、妊娠しているんですかと話しかけられた。しかし、散歩させてもらっているのは、僕の方かも知れない。早起きになった。道行く人と何か喋ることも、犬となら、ごくごく自然だ。

父と母が、偏屈な僕にプレゼントしてくれたのだろう。チャコの中に、父と母がいる。いると思えばいるし、いないと思えばいない。目に見えないものは、思うことによって存在する。父と母は、もう何も喋らない。

晶文社ホームページ　2001.5

チャコとミータン

犬が笑うとは思わなかった。目を細め、目じりを下げ、嬉しさを顔中に表す。お尻を振り、尻尾を振り、体をねじりながら、駆け寄ってくる。その笑顔を見た時、ちょっと感激した。それまで、犬より猫の方が断然好きだったのだが、犬もなかなかだなと思った。はじめて犬好きの人の気持ちがわかった。もちろん、猫はどんな猫だって僕は可愛いが、猫の笑った顔は、まだ見たことがない。

うちにいる猫のミータンは、もともとは、隣の家の飼い猫だった。庭にやって来るのらちゃんたちに、えさをやっていたら、塀の隙間から、こっちを覗いていたのがミータンだった。はじめてミータンを見かけた時、わー、立派だなと思った。とても大きい。それまで見かけた猫の中で、一番大きいかも知れない。毛の艶がいい。やっぱり、飼い猫は違うなと思った。顔はけっこう小さめで美男子だ。ただ、体型が狸のようにどてっとしている。笑ってしまう。お腹の皮がたるんでいる。どことなく、おっとりしている。色は、何色って言えばいいのだろう。写真でしか見たことないが、村松友視の「アブサン」と同じ色のような気がする。

　ミータンは用心深く、呼んでも近寄って来ない。しかし、そのうち、やってきて、のらちゃんと一緒にガリボリを食べはじめた。体もさわらせ、家に上げると、じっとしている。居心地がいいらしい。夜になっても帰らない。帰らなくなってしまったのだ。ちょうど、隣が家を建て直しして、新築になったばかりだったので、もしかすると、家を間違えているのかも知れない。

　おとなしくていい子だ。このまま、もらいたくなってしまった。翌日、隣の人に、「どうしましょう。帰らないんです」と言ったら、「じゃあ、あげます」と言って、そのまま、もらってしまった猫なのである。隣の家は、猫を四匹飼っている。うち三匹はメスで、オスのミータンは、ちょっと肩身の狭い思いをしていたらしい。ミータンは、もともとが、のらちゃんだったためか、外に出たがるので、外猫として飼われていたらしいのだ。それを知らずに、首輪のついた猫をすまーして家に上げてしまったのだから、もしかしたら猫泥棒かも知れない。

　ミータンは、椅子や机やベッドに決して上らない。ひざの上にも乗らない。抱いても、すぐ下りようとする。「どうして、抱かれたがらないんですかね」と、隣の奥さんに訊くと、「重いから、悪いと思っているのよ」と真剣に言う。

ご主人に「ミータンはいい子ですね」と言ったら、「あの子はいい子なんですよ」と力を込める。「本当は悔しいんです。ミータって、呼んでも、ちょっと振り返るだけで、すうっと、早川さんちの方へ行ってしまうんだから」。名は「ミータ」だった。うちが勝手に「ミータン」にしてしまったらしい。

ミータンもいいとこばかりではない。歯が痛いのか、口内炎なのか、時々、よだれをたらす。そのうち、食欲がなくなり、胃液を吐く。医者に診てもらうと、口内炎が治らない体質らしい。二週間おきに、注射をしてもらう。注射をすると、元気になるが、また、しばらくすると、よだれをたらす、その繰り返し。完治しない。まいったなー。しかし、もしかすると、食べ過ぎと関係があるかも知れない。体が大きいのが自慢だから、欲しがるだけあげていたのが悪かったのか、食べものをひかえたら、やや治まった。

しかし、チャコが家にやって来たら、また、ミータンのよだれが始まった。ストレスと関係があるのかも知れない。けんかはしない。お互い、無関心を装っている。ただし、非常にやきもちをやく。片方に話しかけたり、撫でたりすると、もう片方がそっぽを向く。すねる。ふてくされる。どっかへ行っちゃう。だから、同時に頭を撫で、同時に話しかけないと駄目なのである。

うちはみんな、別々の部屋で寝ている。ミータンは、テレビの下のかごの中、チャコは、窓際の座布団の上。僕は二階の洋間。うちのは和室。

朝、六時ごろ、ミータンのトンコトンコで起こされる。階段を上り下りする音だ。二階に上がって来て、ドアの前で、じっと待っている。ニャーとは鳴かない。遠慮している。こちらが、物音を立てれば、あっ、起きているんだと鳴くけれど、寝ている場合は、あきらめて、トンコトンコと階段を下りる。それを何度も繰り返す。どうしても待ちきれない場合は、和室のふすまをこじ開け、枕元までやって来て、じっと顔を見つめるらしい。

ミータンに、ガリボリをあげる。「ガリボリ」とは、キャットフードのことで、それは、共通語だと思っていたら、友達に「なにそれ」と言われてしまった。友達の家では、「ポリポリ」と言うらしい。隣の家では、「カリカリ」だって。みな、猫の食べ方が違うのか、聞こえ方が違うのか。

「散歩、行こうか」と声をかけると、チャコは、すくっと立ち上がり、首を振り、小躍りする。「さんぽ」という言葉がわかるのだ。「よんぽ」では反応しない。

チャコのいままでいた場所は、コンクリートばかりで、めったに、他の犬に出会わなかったけど、こちらでは、浜辺も街中も、必ず、何匹ものワンちゃんと出会う。チャコは、慣れてないからか、お尻の匂いを嗅がれると、「ウー」っていう顔をする場合がある。向こうの飼い主は、「ほら、嫌がっているから、しつこくしないのよ」と言う。「緊張しているんです」と僕は答える。興味はあるのに、うまく話しかけられないのだ。飼い主に似ている。

最初、よその飼い主と挨拶したり、話をしたりするのは、ちょっと面倒かなと思ったが、話してみると、そうでもない。みんな、いい人たちばかりだ。一見、むっつりしていたり、苦手そうな人でも、話し出すと、みんな、ふにゃっとしている。犬のことになると、みな、可愛くなって、照れる。

駅の方に、買物に行く時も、チャコを連れて行く。本屋や図書館や花屋やマーケットの前で、待たせても、ちゃんと、おとなしく待っている。これも感激だ。なにしろ、うちの犬と猫は、もう、しつけ済みだ。

チャコはちょっと太っているから、歩き方がオタオタしている。それが可愛く映るのか、道行く人に、笑われるというか、可愛いわねーという顔をされる。それが、楽しい。

散歩から帰ると足を洗う。東京にいた時は、足を雑巾で拭くたびに、「ウー」って怒ってたけど、こっちに来て、「怒んじゃないの。いい子でしょ」って叱ったら、怒らなくなった。お風呂でのシャワーも、好きではないらしいけれど、我慢している。

この間、湯船に入れたら、ポワンとした顔になってしまった。気持ちいいらしい。

柴犬で十五・七キロ。獣医さんに、それだけで病気だって言われたので、今、ダイエット中だ。もっと食べたいだろうけれど、チャコは、くれくれなんて言わない。ミータンの残したガリボリも勝手に食べない。じっと顔を見つめられると弱いが、「もう食べたでしょ。向こう行って寝んねしなさい」と言うと、ちゃんと座布団のところに行って横になる。偉い。とても真似は出来ない。

一人で寝る。ミータンとも、仲良しだ。座ってお見送りする。笑ってお迎えする。いい子だ。もちろん、親バカだけど。


この間、柴犬をおんぶしている人と出会った。堤防のところで、座って休んでいる時、「可愛いねー」って、話しかけた。すると、「この犬はサングラスかけて、バイクにも乗るんだよ」と言う。「えっ」「見たことない?」「あっ、そういえば、一度あるかな。落ちないんですか」って訊くと、「落ちる」だって。いろいろと訊く。「お風呂には、どのくらいのわりで入れてるんですか」とか、「どうやって、歯みがきしているの」とか。そしたら、「毎日、シャワー浴びて、石鹼で洗うんだよ。その時、軍手で、口の中、こうやって、こするんだよ。寝る時も一緒」「えっ、同じふとん?」「そう、寒い時なんか、湯たんぽ代わり。二人でいびきかいて寝ているの。酔って、寝てる時なんか、踏みつけちゃったりして。鼻水が出れば、なめてくれる」「じゃあ、女いらないですね」と言うと、「そう、女はうそつきで、金とるから嫌。この犬が来てから、もう、俺は愛人つくってない」。

僕はどうだろう。

犬と歩けば友達いらず。猫と遊べば恋人いらず。やせ我慢かな。

晶文社ホームページ　2001.6

たましいの場所

生まれて初めて、被告にされてしまった。一番上の兄から、母の遺言書が無効であるとして、訴えられた。実は十三年前、父が亡くなった時も、母と長男との間に土地の権利関係のことで争いが起こり、しかたなく、母は長男を訴え、最高裁まで行った経緯がある。そして、今度こそ、もう、争いがないようにと、母は公証役場で遺言公正証書を作り、子どもたちに手紙を残し、この世を去って行ったのだが、それに不満の長男が、その遺言書は、母の真意ではなく、作られたのではないかという理由で、次男から末の僕まで兄弟全員を訴えたのだ。まったく、父が生きていたら、どう思うだろう。怒り出して、ひっくり返ってしまうだろうなと思う。もしも、母が生きていたら、なんと嘆くことだろう。ため息をつき、さぞかし、悲しむに違いない。

たしかに、父の死後、いろいろあって、長男とみんながうまく行かなくなってしまったのだが、母からの手紙を読めば、仮に不満があっても、もう争うのはよそうとか、しょうがないとか、我慢しようとか、普通だったら、仮に僕が長男だったら、そう思うけれど、よっぽどの食い違い、正当性、執着、憎しみがあるのだろう。

よその家の財産争いなど、人はどっちもどっちと思うはずで、そう思われてもしかたないが、いずれにしろ、みっともない話である。しかし、喧嘩をするとか、憎しみ合うというのではなく、解釈の問題だから、もう事務的に、弁護士を通して、法で決着をつけましょうということだから、これでいいのかも知れない。

父は晩年、僕がやっていた本屋に、よくふらっと本を買いに来てくれた。うまくいっているかどうか、心配で来てくれたのだろう。倉庫から住まいの二階に上がる階段にまで、本を積み上げているのを見て、「危ないよ」だとか、「人を使って、もっと、店を大きくしなきゃ」とか、「なんなら、お金、貸してあげるよ」とか、「利益が出ているなら上出来だよ。繊維関係は、どこも赤字なんだから」とか、そのころ、会社を合併し、数年後、分かれたりした関係で、「長男と次男の仲が悪くて困っちゃうよ」などとこぼしたりしていた。

口うるさい父を、僕は嫌ったこともあったが、二十歳を過ぎたあたりから、いい感じになっていった。父に欠点があるとすれば、それは、僕の欠点でもあり、欠点は、長所でもあり得るんだということが、だんだんわかって来たからかも知れない。

父は、貧しい家に生まれ、苦労して築き上げたタイプであった。いつも質素で、いっさい贅沢はせず、その性格を僕もちょっと受け継いだところがあり、こつこつと、地道に本屋をやっていたのである。

開業する時、銀行以外に、父からもお金を借りたのだが、しっかり返済させられたし、十数年後、母名義の土地を購入する時も、多少相場より安くはしてもらったが、一度に支払えなかった不足分に対する代金の利息を、全額返済するまで、ずうっと父に取られていた。他人からお金を借りたら当然利息は発生するんだよと教えたかったのだろう、父は、ケチというのではないけれど、子どもに対しても、決して、甘くはなかった。

父が亡くなったのは、ちょうど、昭和天皇が亡くなられた年で、それまで、その残金を「まあ、ゆっくりでいいよ」ぐらいの雰囲気だったのが、ある時、顔を合わせたら急に怒り出したので、僕も頭に来て、無理やりお金をかき集め、すぐに返済した矢先だった。その時、すでに父は、手遅れの胃がんに冒されていたのだ。

見舞いに行った時、病院の廊下を歩いていた寝巻姿の父から、「義夫、代わってくれよ」と言われ、その冗談が冗談に思えなくてドキッとしたことがある。

「頑固じゃないから、がんにならない」なんてよく言ってたし、お酒もたばこもやらないから、自分が胃がんになるとは思ってもいなくて、母や医者の言う胃潰瘍という病名を信じていたらしい。しかし、病状は悪化していくばかりで、最後はもう助からない命だと覚悟したと思うのだが、さぞかし、悔しい思いをしたことだろう。どんなに、死の恐怖を味わったことだろう。生きることが好きな人だったからだ。まだまだ、やりたいことがたくさんあったからだ。

喋るのが、もうつらくなってきた頃、父は病床で僕に「義夫には、○○のビルをあげるから」と言った。僕はびっくりした。返事が出来なかった。ただただうなずいていた。

「六、七階は、長男のものだけど、そこの一階で、本屋をやればいい。それを静代のお父さんにも伝えて安心させて上げなさい」とも言った。ちょうど、義父も、同じように入院していたからだ。

僕は正直、嬉しかった。本当なのかどうか、確認したかった。長男にその話をすると、「よっちゃん、それは、もらいすぎだよ。お父さんの希望どおりにすると、お嫁に行った女の子たちが少ないって怒っちゃうだろうし、第一、半分相続税を免除されるお母さんの分がないんだよ」と言われた。嫌な予感がした。

父は自分の財産管理を長男に任せていたのだが、正確には把握出来ていなかったのかも知れない。もともと、古い人間だから、長男に多くという考えはあったかも知れないが、それが、あまりにも行き過ぎているのではないかということが、のちのちわかり、揉め事の原因にもなったのである。いや、そうではなく、長男の言葉を、母も僕たちも信じられなくなってしまったのである。

母の住まいからは、盗聴器まで発見された。一人残された母の面倒を、誰が看るのかという問題も大きかった。母は頭はしっかりしていたが、心臓と足腰が弱っていた。何だか、みんながお金のことを口にするようになった。母も、今度は、自分がしっかりしなきゃ、だまされないぞという気持ちになってしまったのだろう。何でも、損か得かで判断するようになってしまった気がする。もともと、そういう血が全員に流れているのかも知れない。

最初の頃、母と一緒に住もうかなと真剣に考えたこともあったが、僕の性格ゆえ、むずかしいだろうと思いとどまっていた。二つ上の兄夫婦が、四年ほど一緒に暮らしたが、別な理由もあって出て行った。孫夫婦が住んだこともあったが、これも、長くは続かなかった。

その後、毎日、交代で、母のところへ通うことが長く続いたが、できれば、自分以外の誰かが、母と一緒に住んでくれることを、もしくは、多めに通ってくれることをそれぞれが望んでいた。

よほど、たまっているものがあったのだろう。本当の気持ちを言えない、気持ち悪さがあったのだろう。ある時、僕は母に「お金で、愛情は買えないよ」と、とんでもないことを口走ってしまった。その時の母の顔が、いまだに忘れられない。悲しみと怒りで歪んでいた。これで、もう、母との仲は、終わりだと思った。縁を切られても、しかたがないと思った。

お金とゴミは貯めれば貯めるほど汚くなる、と二歳上の兄が言っていたが、そうかも知れない。お金持ちほど、ケチでせこい。お金を持っていない人ほど、お金にルーズで、おおまかで、人におごったりする。

父の死後、父に世話になったという人が、そうしないと自分の気持ちがすまないという理由から、十三年間、毎月、母のところに、お線香を上げるつもりで、挨拶に来ていた。

相続税を払うために、父から相続した土地を売らざるをえなかった姉が、「前のご主人は、仏様みたいだったのに、今度の方は鬼のようだ」って借家人から言われてしまったとこぼしていた。一番、お金にこだわっていそうな父が、決して、損得だけでものごとを判断していなかったことを知った。

母とは、あれから、気まずさを持ったままになってしまったが、僕があんなひどいことを言っても、母は、他の兄弟と同じように、僕のことを、みなに言わせれば、少し甘いくらいに考えてくれた。

父がもし、今生きていたら、どう思うだろう。僕になんて語るだろう。母は、今、何を思っているだろうか。僕は、なぜ、こんな話を書いているのだろう。

言葉は、喋れる人のためにあるのではなく、もしかしたら、喋れない人のためにあるのではないだろうか。自分の都合のいいように、「自分の意見」を言うためにあるのではなく、「正しいこと」「本当のこと」を探すために、言葉はあるのではないだろうか。

以前、僕は、目に見えないものは、まったく、信じられなかったのだが、考えてみれば、自分の心が見えないのだから、見えなくとも存在するものがあるということが、父と母の死をきっかけに、ようやく、気づいた。

父の魂と母の魂は、どこに存在しているのだろうか。人それぞれ、思う場所は違うだろうけれど、父の死後、母が飼っていた柴犬、今は僕と共に暮らしているチャコの体の中だろうか。そう勝手に思っている、僕の心の中だろうか。

晶文社ホームページ　2001.10

僕の骨

僕が死んだら　葬式はせず
骨も灰にして　捨てて欲しい
僕の魂は　死と共に燃えつき
生まれる前の　ゼロになるんだ
もし僕のことを　偲んでくれる人がいたら
その人の心の中に　空の彼方から
心配ないよと　微笑むだけ
生きて行くのが　ぶきっちょなのは
生きようとしていた　証拠なんだ

僕の骨は　白くて硬い
一番熱い火で　焼いて欲しい
もし僕のことを　思ってくれる人がいたら
その人の心の中に　空の彼方から
わかっているよと　微笑むから

赤色のワンピース

自分の奥さんを人に紹介する時、どう呼んだら良いかがわからない。荒木経惟さんのように、「わが愛です」と紹介できたら最高だが、そんなステキなもんじゃない。うちの場合、家では、しーことか、しーこちゃんと呼んでいるのだが、人前で呼ぶ時に困る。妻、家内、女房、つれあい、かみさん、母さん、母ちゃん、実際、耳にしたことはないが、ワイフ、愚妻、うちの大蔵省など、いろいろあるらしいが、どれもしっくり来ない。結局、納得しているわけではないけれど、僕は、昔から、だいたい「うちのが」でごまかしている。

彼女とは、大学一年の時に知り合った。人間関係学科の同じクラスだったのである。僕らは和光大学の第一期生だった。だから、学生数は少なく、キャンパスは、実にのびのびとしたものだった。

入学して間もなく、今思えば、すでに目を付けていたかも知れない。クラスで自己紹介をした記憶がある。やけに老け込んだ学生が「僕はクラシックが好きで、音を聴いただけで誰の演奏かがわかるんです」と言ってたのを憶えている。パイプをくわえた男できざな奴だなと思った。しかし、自分が何を喋ったのか、彼女が何を喋ったかの記憶がない。ただ、赤色のワンピースを着ていたことだけは憶えている。

小田急線鶴川駅に向かうでこぼこ道で、「いつもどこで遊んでるの」と、一見、軟派風に話しかけたのがきっかけだった。ところが「遊んだことない」と言う。服の色が派手なだけだったのだ。話がはずみ、偶然、家が同じ方向だったこともあって、その後、よく、一緒に帰った。

四谷あたりから、御茶ノ水まで、線路沿いの散歩道を歩いて帰ったり、御茶ノ水の「レモン」で、紅茶を飲んだり、二十数年後に作った〈赤色のワンピース〉という歌の通りなのである。しかし、しばらくして、まだ、学校に行き始めたばかりなのに、はたから恋人同士のように見られるのは、ちょっと嫌だみたいなことを言われ、それもそうだと僕も思い、保留というか、別行動をとるようになった。

学校は面白かったが、授業はちっとも面白くなかった。ちんぷんかんぷんで、全然、ついて行けなかった。高校の時までは、教科書ガイドがあったので、何とかやれていたのだが、いわゆる勉強をしたことがないから、どうしたものか、さっぱり、わからなかった。そこで、僕はすぐあきらめ、もっぱらクラブ活動で『和光』という雑誌を作ったり、あとは、学校外で、高校の時の演劇の先生が主宰していたパルチ座という小さな劇団に通ったり、仲間とバンドを組んだり、新宿風月堂に通ったりしていた。

風月堂は、ケーキも置いてあるような、普通の喫茶店なのだが、客層が変わっていた。様々な人がいた。どんな人をも、偏見なく、受け入れていたからだろう。芸術家のような、その卵のような、ヒッピーとか、のちに、フーテンとか。他の場所では、落ち着くことが出来ない人が、唯一、落ち着ける場所であった。

二階建ての大きな喫茶店で、といっても、二階部分はほんの少しで、すべて吹き抜けで天井が高く、道路側は大きなガラス窓があり、うすーくクラシック音楽が流れていた。たとえば、バッハのチャラチャーンという曲だ。お店の人たちは、みんな、地味な制服を着ていて、特別愛想はなく、かといって、冷たくもなく、決してお客と無駄口をたたくようなこともなく、実に事務的というか、ごくごく普通の喫茶店であった。そこが好きだった。その何でもないところが好きだった。

よく、お客と店側がやけに慣れ慣れしい店があるが、僕はあれが一番苦手で、まず、僕は行かない。お得意様を大事にする店が嫌いなのである。誰をも区別せず、誰をも同じように歓迎する店が好きだ。お客がお客をじろじろ見ない。人を値踏みしない。お客を色眼鏡で見ない。くせを持たない。自己主張しない。得意がらない。うぬぼれない店が僕は好きだ。普通であるということの素晴らしさを、僕は風月堂で教わったような気がする。

大学の友だちの多くは、ジャズ喫茶に通っていた。僕も何度か行ったが、あの暗さと狭っ苦しさと大音量と、むずかしそうな顔つきや、とりつかれたような感じが、どうも馴染めなかった。ジミー・スミスの〈キャット〉なんか、いまだに耳に残ってはいるが、やはり、何の刺激もないけれど、どうってこともないのだけれど、僕は、風月堂ばかりに足が向いていた。入ってすぐの窓際の石のテーブルの席に坐り、外を眺めているのが好きだった。奥の方の暗いところは、好きではなかった。夜より、午前中や昼間の時間帯が好きだった。常に僕は明るいところが好きだった。歌のイメージとは、まったく違うのである。

いつしか、劇団は解散してしまったが、先生から学んだことは大きかった。「若いという心は、後悔しない心だ」とか、「三十歳以上の大人は殺せ」とか。十八歳から二十歳にかけてが、僕の青春時代だった。大学は、すっかり、行かなくなってしまった。二年の時に退学届を出した。彼女とは、いわゆる、デートをしたことはなかったが、時々、連絡はとっていたような気がする。一度、歌を聴きに来てもらったことがある。「ひざ小僧が、良かった」という手紙をもらった。歌のことではなく、半ズボン姿だったからだ。

ある日、どういう話からだったか、結婚の話になり、「どういう人と結婚するの」と訊くと、「私は最初にプロポーズしてくれた人と結婚する」と言う。僕は驚き、「えっ、じゃ、好きでもない人からプロポーズされたらどうするの」と訊き返すと、「こっちが好きでなきゃ、むこうは、プロポーズするはずがない」と答える。「なら、もし、僕が結婚しようと言ったら、結婚するわけ」と訊くと「うん」と言う。「じゃあ、結婚しようか」となってしまったのである。

それまで、キスをしたことも、手をつないだこともなかった。家の二階で、僕の部屋の隣の客間で、昼間、そんな話をして、結婚の約束をしたのだ。それからというものが早かった。両親に伝えると、父は特に反対もせず、「まあ、悪い女につかまるより、結婚は早い方がいい」と、まだ経済的にどうにもなってないのに、賛成してくれた。とりあえず、親同士の見合いをしようということになった。

その時、父が「結婚式はしたくないと言っているんですけど、それは、まずいですよね」と向こうの親に賛同を求めると、「いや、本人同士がいいというなら、それでいいと思います」と答えられ、うちの父親も納得してしまったのである。

あとで知ったことだが、父親は、むこうが反対していると思っていたらしいのだ。なのに、いとも簡単に賛成されたもんだから、こりゃ、変だ、きっと、おかしな家のおかしな娘なんだと、近所の評判などを訊きにまわったらしい。

どちらも、二十歳だった。彼女も学校を辞めた。結婚式も新婚旅行もしなかった。そのかわり、父親に、代田橋に小さな家を買ってもらった。土地の形が三角形の、トタン塀の玄関の脇には、こわれた井戸があるような、本当に小さなボロ家だった。風呂はなく、近所のお風呂屋に通った。働きがないので、電話はとまり、ご飯のおかずは、キャベツと魚肉ソーセージだったり、でも、美味しかった。楽しかった。そこで、〈堕天使ロック〉や〈サルビアの花〉が生まれた。

長女が生まれ、次女が生まれてから、代々木八幡に引っ越した。グループは解散、僕は、事務所に残り、制作の仕事をしていた。のちに、才能のなさに気づいたというか、居心地が悪くなってきて、会社をやめた。初台の本屋に勤めた。休みの日は、子どもを連れ、よく鎌倉に遊びに行った。

二年後、武蔵新城という町で本屋をやることになった。一時期、よく、川崎に遊びに行った。うちのは、全然、やきもちをやかず、いつも、いってらっしゃいという感じであった。気に入った子がいて、何かプレゼントしたいと言ったら、下着を買ってきてくれた。変な話である。

結婚してから、これまでに、何回か恋愛をしてきたが、一度も、もめたことはなかった。嫉妬は、あるのだろうけれど、どうぞという感じであった。ただ、子どもを作るということは嫌らしかった。どんなに遊んでも、どんなに本気になってもいいけれど、それだけは駄目らしい。これまでに、僕らは一度も喧嘩をしたことがない。穏やかなわけではない。怒るとすれば、僕ひとりだけなのだ。

ふと、思う。もしも、離婚をして、別な人と結婚していたら、どうだったろうかと。さぞかし、波瀾万丈の人生を送ることになっただろうなと想像する。その方が、もしかしたら、楽しかったかもしれない。しかし、その分、いや、それ以上に、苦しみとか悲しみも多いだろうなと思う。

僕は、いやらしくて、ちょっとおつむが弱そうな、舌ったらずの、肉感的な女性が好きなのだが、どういうわけか、縁がなく、あっさりタイプになってしまった。生活するなら、というふうに選んでしまったせいかも知れない。ただ、趣味が違う。温泉も旅行も好きじゃない女なのだ。困ってしまう。だから、いまだに、僕は、恋をしたくなるのである。

晶文社ホームページ　2001.11

パパ

娘を持つお父さんは、きっとみんな泣けてしまうのではないだろうか。こんなキレイな終わり方があるのなら、なんかもう、ずうっとぎくしゃくしていたっていいような気さえする。

読み終えて、そんな感想を持った。これまで、光野桃さんのお名前も僕は知らなかったのだが、どういうわけか、書店で目にとまり、パラパラと拾い読みしたら、突然、涙がこぼれそうになった。その後も、最終章の「掌」は、何度読み返しても、泣けてくる。

もも子、もも子。掌はそう言うかのように、何度も何度も頭を撫でた。お父さん、と言おうとしたが、声が出なかった。ああ、わたしはこうされたかった。ずっと頭を撫でられたかった。いい子だよ、と言われたかった。いま初めてわかった。いままでずっとお父さんに嫌われていたと思っていたけれど、でもそうじゃなかったんだね。

実際に、自分の娘のことを思った。決して嫌いではなく、好きなんだけれど、どうしてだろう、どうも、いい関係になれなかった。今でこそ、年齢も過ぎて、そうでもなくなったが、これまでに、何度も衝突してしまった。衝突なんてものではないかも知れない。恥ずかしい話だが、男からの電話を切って仲を引き裂いてしまったこともある。とても、いい父親にはなれなかった。いや、今だってそうだ。いつ、関係が崩れるか、わからない。

「大切な娘を、どこの馬の骨だかわからない奴に渡してなるものか」というセリフがよくあるが、あれは、きっとどんな父親もそれと似たような感情を持っていると思う。愛情なのだが、結局は、嫉妬である。

小さい頃を思い出す。よく一緒に遊んだ。海水浴にも行ったし、うちにもそんな写真がいっぱいある。おんぶをしたり、おっちょちょいのぽんをやったり、ぎったんばっこんをやったり、ヒコーキをやったり、僕はヒコーキが得意だった、娘は随分喜んだ。

ところが、たしか中学生あたりから、道端ですれ違ったりすると、非常に恥ずかしがったりする。いや、その前に、ある日、着替えをする時、それまでは、全然平気だったのに、突然、ドアをバタンと閉められた時、まあ、しかたがないことだろうけれど、寂しさと同時に、むかっときた。

澁澤龍彦の『少女コレクション序説』という本の中にこのような一節がある。
「わたしがどうして、子供をつくらないかというと、かりに、女の子が生まれたら、もし事情が許せば、私は娘と近親相姦の罪を犯すことにもなりかねない」。たしかに、道徳だとか社会のルールをいっさい無視すれば、当然考えられる。好きになった女性の、それも若い頃にそっくりなのだから、愛や性の対象になってもちっともおかしくない。それを避けるために、その寂しさを紛らすために、男親は恋人を作るのだろうか。

ふたりのことは誰にも内緒だよ　とくにママには秘密だよ
僕は君の父親のふりをして　君は僕の娘のふりをして
ふたりでひとつのベッドにもぐりこみ　身体の中をあたためる

外を歩くときは腕を組み　映画を観ながらもふれあって
少年のような恥じらいと　老人のようないやらしさで
優しく翼ひろげて　心の中をなめあう

しかたないさ好きだもの　涙がこぼれてゆく
しかたないさ好きだもの　僕らは恋人

何が正しくて何が間違いかは　キレイに思えるかどうかの違い
純粋であればあるほど悲しくて　好きになればなるほど悲しくて
青い空と海と白い波しぶき　愛するのも叱るのもパパだけ

しかたないさ好きだもの　愛がこぼれてゆく
しかたないさ好きだもの　いつまでも恋人

これは〈パパ〉という僕の歌だが、僕はこの歌の通りのことをしてきた。家庭をかえりみず、妻よりも娘よりも大事な人がいた。最終的には、ふられてしまうのだが。そんな、どうしようもない僕などに比べ、桃さんのお父さんは、最高ではないかと思う。

どうして桃さんとお父さんは、気まずい関係になってしまったのだろう。そこのところが、もうひとつ僕にはわからない。最初の章「父の笑い」によれば、小さい頃は、喫茶店にも連れて行ってもらったり、お土産があったり、お布団の中に入って一緒にラジオを聞いたり、随分可愛がられたようなのに。

ボーイフレンドを家に招いた時も、お父さんの応対は、いい感じである。門限なども厳しくなく、自由に育ててくれたという。満点のお父さんじゃないかと思う。とても、僕などには真似の出来ない、素晴らしい、立派なお父さんに思えてしょうがない。

なのに、どうしてなのだろう。どんなところがいけなかったのだろう。いつごろからなのだろうか。だんだんと、父親の情けない部分が見えてきたり、もしかして、愛されてないのではないかと思えたりして、桃さんはお父さんに距離を置き遠ざけるようになる。

それとも、たとえどんなにうまくいっていても、父と娘というのは、そういう運命をたどるものなのだろうか。

桃さんがお父さんを避けている間、お父さんはいったい桃さんに対してどう感じていただろうか。その気持ちを知りたい。さぞかし、寂しかっただろう。でも、桃さんにこんなに愛されていたことを知って、きっと、お父さんは、どこかで、微笑んでいるに違いない。

わかりあえなくて、ぶつかりあっても、黙りあっていても、抱き合えなくたって、好きで好きでしょうがなかったんだ。

桃さんのお父さんは、もう一言も喋らない。桃さんの心の中で語っているだけだ。

光野桃『実りを待つ季節』（新潮文庫）解説　2002.5

忘れていること、
忘れられないこと

鎌倉

二月、長靴を買った。海にわかめを取りに行くためだ。漁師さんは船で沖に出るが、僕らは波打ち際に流れついたものを拾う。海が荒れた翌日など、わかめが僕を呼んでいる。若者はサーフィンを楽しみ、じいさんとばあさんはわかめを拾う。

本格的な人は、胸までのつなぎのカッパを着ている。手にはVの字の針金の付いた竿を持って、波に漂うわかめを引っかける。あれは、つり具屋さんで売っているのだろうか。それとも、自分で作るのだろうか。確かめてはいない。僕は新人なので黙々と素手で拾う。深い方に行くと、すぐ長靴に水が入ってしまう。そうなると長靴の意味はない。

立派な大きなわかめを見つけると手に持っていたくなる。取れない時は全然取れないが、波の具合で、いったん取れ出すと切りなく取れる。終わりがない。いつ終えていいかわからなくなる。「俺こんなことしている暇ないんだよなー」と言いながらも、ビニール袋がいっぱいになってしまった。重い。じいさんは、タダのものが好きなのだ。

持ち帰ったわかめは、根を切り落とし、水洗いをして茹でる。熱湯に入れた瞬間、茶色のわかめが綺麗な緑色に変色する。海の匂いと鮮やかな緑が、身体に良さそうだ。日持ちさせるために、洗濯バサミに挟んで庭に干す。一日たつと、乾燥して黒くパリパリになる。実は、うちには、もう一年分ぐらいある。

最近、鎌倉に引っ越してきた。ずうっと鎌倉に住みたいと思っていて、やっと実現したのである。

小学校五、六年の時に一度住んだことがある。その時は鎌倉第一小学校に通った。二歳上の兄とお手伝いさんとで暮らした。お手伝いさんといってもなんのことはない、子供の面倒を別の人に見させて、その分、親が働くというだけのことだ。だから遠足も参観日も忙しい母親は来ない。

母は、時々おみやげを持って会いに来た。記憶が定かではないが、こんなことが数回あった。なぜか僕はそのおみやげが気に入らなくて、喜ばない。どうしてとか何でとか話しているうちに、母は怒り、そんな子はうちの子じゃないといって、僕を家から追い出す。僕は真っ暗な海に向かって歩いて行く。さっきまであんなに楽しかったはずなのに、どうしてこうなってしまったのだろう。僕は泣きながら砂浜を歩いている。誰かが引き止めに来てくれないだろうか。そうでなければ僕はどこまで行けばいいのだろう。やっと姉が駆けつけてきて説得される。とにかく謝って家に上げてもらうのだ。

自分としては、ひねくれているつもりはなかった。気持ちをうまく伝えられなかっただけなのだ。

兄とよく喧嘩をした。でも、それ以外は楽しかった。手塚治虫の『ジャングル大帝』などを読んだのもその頃だ。桑の葉をえさに、蚕を飼った。繭をつくり、蛾になって、卵を生む。テアトル鎌倉で、日活映画『狂った果実』をこっそり観た。道端を、赤い蟹が歩いていた。

小学校を卒業すると、東京に戻された。秋葉原、代田橋、代々木八幡、武蔵新城と移り住んだが、鎌倉で暮らす夢は捨てなかった。休みになるといつも鎌倉に来ていた。鎌倉が落ち着くのだ。やはり、小さい頃、住んでいたことが大きいのだと思う。

しかし、海は汚い。ごみが浮いたりしていて、泳げない。なんとかならないものか。道路は、もちろん、鎌倉だけではないけれど、排気ガスだらけだ。せめて、駐車している間ぐらい、エンジンを止めてもらいたい。

駅のホームに立つと、無理やり聞こえてくる商店の宣伝のアナウンス、あの声、許していただきたい。うるさい。どうして、聞かされるはめになるのか。不愉快である。鎌倉は、もっと静かであってほしい。

店の前の歩道を自分ちだと勘違いしている商店主よ、そこに商品を並べるのは良くない。道端が狭くなって迷惑だ。そこ、あなたの土地なのですか。図々しい者が得をするような街を作ってはいけない。

いいお店を見つけた。まだ数は少ないが、みんな感じのいい店だ。この街はいいなあと思えるような店を、僕はもっと知りたい。誰か教えて下さい。お蕎麦は「こ寿々」。やきとりは「ひら乃」。花屋は「LOCO MART」。栗どらは「鎌倉五郎」。ケーキは「紀ノ国屋」。コーヒーは「vivement dimanche」。デートは「ミルクホール」。でも、本当は、家で食べるのが一番おいしいです。

We湘南　1996.5

江の島に行った

江の島の橋を渡って、少し行ったところに、山の頂上へ行くエスカーという乗り物がある。小さい頃、入り口まで来たことがあり、その時のあやふやな記憶と勝手な思いこみで、たぶんケーブルカーかスキーのリフトみたいなものだと想像した。「俺、高所恐怖症だから、ちょっと怖いな」などとはしゃぎながら、三百円ぐらいの料金を払い、足を踏み入れると、なんとそれは、ただのエスカレーターであった。

江の島は侘びしい。時間が止まっている。しゃれたところがない。活気のない観光地だ。別れ話に来たようなカップルとか、おとなしい男の子とお父さんとか、他に楽しみがないんだろうなというような、そんな人たちのためのデートコースだ。だから、人はいるんだけど、なぜか静かだ。それとも、なんだこんなところだったのかという期待はずれで、押し黙っているのかもしれない。みんな黙々と階段を登ったり降りたりしている。二度も三度も行く観光客はたぶんいないだろう。

島に渡るには、橋のたもとから乗合船に乗った方がいい。その方が侘びしい気分になれる。いったい何があるんだろうという期待感にも浸れる。船は岩場に着く。海釣りをしている人がけっこう多い。みんな海の方を向いているので、こちらからは背中と海と太陽しか見えない。洞窟がある。うーん、何とも言えぬ。たしかに、洞窟は洞窟だった。富士見亭でビールを飲む。天気の良い日は富士山が見える。焼きはまぐり、海草サラダ、おでん、さざえと卵の江の島丼、わかめラーメンを食べる。

頂上には植物園がある。冬だったからか、ここも寂しい。病気の犬がふらふら歩いている。のら猫がいっぱいいる。ひなたぼっこをしている。時間がゆっくり流れている。がつがつしていない。リュックからエサを取り出して、あげているおばさんがいる。こわれた建物がある。ごみが落ちている。無口になる。不思議と人と目が合わない。心が落ち着く。こういうのもいいなと思う。生きているだけでいいのだと思う。

ワイルドワンズのベースの人と小学校の時、幼なじみだった。家がすぐそばで、一度だけ自転車で江の島に行った記憶がある。それしか覚えがない。その前後がまったく消えてしまった。僕の記憶はみんなとぎれとぎれだ。まさか、夢ではないと思う。

忘れたいことが多いからか、それともただ単に、今こうして生活するにあたって何の必要もないからか、あるとややっこしくなるからか、すっかり忘れている。よく小さい頃の出来事を鮮明に覚えている人がいるが、うらやましい。中には生まれてきた瞬間を覚えているという人もいるが、それはどうかなと思う。もちろん嘘ではないんだろうけれど、UFOを見たとか宇宙人に出会ったとかいうぐらい、不思議に思う。

本で読んだのか、人から聞いたのか、忘れてしまったが、たとえば、他人のことをたいしたことないなと思ったときは、自分と同じくらいで、なかなかやるじゃんと思った時は、自分より数段上で、すごいなと思った時は、もうはるか空の上らしい。そのくらい、人はうぬぼれている、という話。

本屋の夢を見る。やめてもう五年たっているのに、いまだに本屋の夢を見る。見ている最中は面白くて続きを見たいくらいなのだが、目が覚めるとすっかりストーリーを忘れてしまう。部分しか覚えていない。たとえば、スイッチを入れてもなかなか蛍光灯が点かなくて店の中が真っ暗だとか。夢は不思議だ。場面設定も心理描写も実に細かくて深い。いったい誰が作者なのだろう。小説を書きたいと思っていて、思っているだけでまだ一行も書いたことないけれど、もしも、夢の作者になれれば書けそうな気がする。問題は、どうすれば眠りながら書けるかだ。

近親憎悪というのだろうか。自分と同じタイプの人に親しみを持つのではなく、逆に憎しみを持つ気持ち。それは、たぶん相手の嫌なところがやたら目につくからで、目につくというのは、自分も同じ嫌な部分を持っているからで、それを見せつけられているようで嫌なのだ。あの人とは一緒にされたくない。あの人には負けたくないなどと似たもの同士ほど競い合う。好きな人は、自分と違う人。嫌いな人は、自分と同じ人。好きな人は、僕を好きな人。嫌いな人は、僕を嫌いな人。

『マルセ太郎　記憶は弱者にあり』（明石書店）はタイトルからして素晴らしかった。「永六輔みたいな賢い人はぼくの前を素通りできない。それだけのものをぼくは創ってきた」と語る。誤解されそうで引用するのがむずかしいが、吉展《よしのぶ》ちゃん誘拐事件にふれて。あの時、日本中の人たちが、早く犯人を捕まえてほしいと思っていた時、ひそかに、犯人よ捕まるなと思っていたこと。そして、同じようなことを色川武大も考えていたらしいこと。そういう体質と感情はどこから来るのだろうか。

実は僕もそうだった。その事件ではそう思わなかったが、その気持ちがわかるのだ。僕の場合、東京オリンピックだった。日本中が日本を応援していた時、心の中で日本負けろと思っていたのだ。テレビの前で家族中が力道山を応援していた時も、悪役の外人レスラーを応援していた。相撲でも野球でもそうだ。弱い方、人気のない方、少数であろう方をつい応援したくなる。大勢の側に自分がいることがちょっと恥ずかしいのだ。かといって、弱くて小さいものが正しいとはもちろん思っていない。

晶文社ホームページ　2001.1

紫Ｍａｃの物語

十一月、Ｍａｃを買った。折しも、ウィンドウズ'95が発売になる直前である。Performa 5210とDeskWriter 660Cを求めた。

ワープロはもっているのだが、いまひとつ使いづらい。そこで、今度買う時はパソコンにしようと前から思っていたのである。なんでも、作曲にも役に立つらしいし、全然興味がないけれど、相当、Ｈなことも出来るらしい。

Ｍａｃを買ったと言ったら、びっくりする人が何人かいた。よっぽど僕と不釣り合いらしい。たしかに、不安である。解説書はわかりづらいし、参考書も、うーん、わからない。だいたいカタカナが多すぎる。ある時、画面の矢印が動かなくなってしまった。消えてしまったこともある。そうなると、終了することが出来ない。その時はあせった。適当にやるとえらいことになるのがわかった。

十二月、中川五郎氏と逢った時、Ｍａｃを薦めた。「うん、僕も買おうと思っていたんだよ」と言うので、大いに薦めた。その日はクリスマス前夜で、街はカップルであふれていた。どうして、男二人で逢っているのかよくわからなかった。「がんばろうね」と言いながら、やけ酒を飲んだ。

一月、五郎ちゃんから電話があった。「暮れに買ったんだ。『一太郎』も一緒に買ったの」「わー、すごいじゃん。『一太郎』って、調子がいい？」「ううん、まだ、動かないの」「がんばろうね」

二月、五郎ちゃんに対抗して、僕は原稿用紙に文字を打つことが出来る『ＯＲＧＡＩ』を買った。縦書きも出来るし、メモ機能も付いている。

しかし、その前に気になっていることが一つあった。時々なのだが、画面がふーっと暗くなるのである。できれば解決しておきたい。そこで、Ｍａｃのパフォーマホットラインに電話をしてみた。すると、とりあえず、最初の段階に戻しましょうということで、指示に従った。

ああ、思い出したくない……。そのあと、慎重を期すため『ＯＲＧＡＩ』のサポート係にも電話をして、インストールを教わった。ところが、言われた通りにやっても開かない。その日は、固まったＭａｃと一日中格闘した。電話の彼女は優しかったが、僕はもうへとへとになってしまった。原因は、PerformaHDから立ち上がっていたのではなく、PerformaCDから立ち上がっていたためらしい。何が何だかわからない。

とにかくやっと動くようになった。一時はどうなるかと思った。僕はもうワープロ機能さえあれば、そう多くを望まない。複雑なことは、向いていないのだ。作曲もHもあきらめた。ところで、画面がまだ不安定である。突然うす紫色になる。どうしたものだろう。

五郎ちゃんと僕は、昔、同じ音楽事務所に所属していた。一九七二年、僕が歌をやめて制作の仕事をしていた頃、仲良くなった。何を喋っても「誤解されない」という安心感があった。弱さゆえ、同じように音楽に行き詰まっている時期でもあった。事務所の近くの表参道に面した二階の喫茶店で、五郎ちゃんと僕は紅茶とケーキを食べながら「そうだ、小説を書こうよ。小説家になろうよ」って、約束したのだった。

しばらくして、僕らは『フォーク・リポート』という雑誌の編集員になり、なった途端に、大阪曽根崎署に猥褻文書頒布販売容疑で摘発され、取り調べを受けた。でも、猥褻に対してのちょっとした食い違いによって、僕と五郎ちゃんは、その後、すっかり疎遠になってしまった。僕は事務所を離れ、音楽とも、音楽仲間とも離れ、のちに東京を離れ、細々と本屋を開くことになった。

数年後、かつての音楽仲間や「ファンでした」という人が店を訪ねて来ることもあったが、僕はそのたびに、何か見られたくないものを見られてしまったような気分に陥った。追いかけている人と、逃げている人との違いだったのかも知れない。僕は、暗い日々を送っていた。人に会うのも極度に恐れていた。このまま歳をとっていくのかと思うと、毎日が憂鬱であった。

一九八二年、時、同じくして偶然同じ出版社から、僕と五郎ちゃんは本を出版した。五郎ちゃんは『裁判長殿、愛って何?』で、僕は『ぼくは本屋のおやじさん』だ。担当の編集者を介して、互いに会いたいことを確認しあったのだが、直接連絡することは出来なかった。僕は飼っていた猫に「五郎」と名付けて我慢していた。

その後、ある雑誌で僕らは対談したのだが「また、会おうね」と言いつつ、またもや音信不通になっていた。別にものを作ることが偉いわけではないと理屈をこねながらも、実は何かを生み出したくて生み出せないコンプレックスがますます僕を元気なくさせていた。一方、五郎ちゃんは、ブコウスキーの翻訳など着実に文筆業の道を歩んでいた。

三月、FAXが届いた。

この前はお電話ありがとうございました。何度かお電話しましたが、いらっしゃらなかったのでFAXしてみます。これは一太郎を使って書きました。そしてデルリナ・ファックス・ライトというファックス・モデムを使って送信してみます。ちゃんと届くかどうか心配です。

ところで最近はいかがお過ごしですか。お忙しいですか。ぼくは今月の初めは大阪に行っていて、それから税金でばたばたとしていました。それでも飲み過ぎて、この前はからだに真っ赤な発疹ができてしまいました。もうお酒は飲めないかもしれません。飲めないと女の人とも仲良くなれないかもしれません。つらいです。ではまた電話します。インターネットやニフティ・サーブはうまくいかなくて、使えません。つらいです。


「早く、わかるようになって、教えにきてよ」と僕は前から五郎ちゃんに頼んでいたのだ。五郎ちゃんは知り合いにインターネットをつなげてもらい準備万端であった。「えっ、もう、いやらしいの、やってるの？」「うん、小陰唇が写ってる」「ひゃー、それ動いてるの？」「ううん、じっとしてる。まだ、やり方がわからなくて、これ一枚しか出て来ないの」

五郎ちゃんと僕は、いつもこの話ばっかりだ。これがなにより共通の話題であり、なおかつ、一番大切なことだった。女の子をひっかけて、やることばかり考えている。いまだに、高校生なのだ。唯一違うことは、話ばっかりなのだ。いや、でも五郎ちゃんは、女友達が多い。いいな。

「五郎ちゃん、オッパイはさ〈25年目のおっぱい〉で五郎ちゃんは歌ってるけど、〇〇〇〇という言葉を使って、歌作れないかな。あれをメロディーにのせると、喜劇になってしまうか、汚らしくなってしまうかどっちかなんだよね」

いかに〇〇〇〇をキレイに歌うか。僕のテーマはその程度だ。そういえば、ある時、森雪之丞が「僕のクリトリスを刺激したわけです」という表現をした時、一瞬、僕のクリトリスはどこにあるのだろうと探してしまったが、ああ、詩人だなと思った。

「これ、言うの恥ずかしいんだけどさ。僕のMac、時々、紫色になっちゃうの」「えっ」「いや、常にじゃなくて、時々なんだけどね。その紫が、なんか場末のスナックみたいな色なの」「可愛いじゃん」

そう言って五郎ちゃんは慰めてくれたが、僕はきのう夢にまで紫色を見てしまった。

Cut　1996. 7

悲しい記憶

それほど、もうろくしたわけではないのだが、当時のことをすっかり忘れてしまっている。この原稿を依頼された時も、実は、自分には関係のないことがらのように思えたし、断るつもりで、資料に目を通していたら、びっくりしてしまった。音楽監督として自分の名が記されていたからだ。

たしかに、〈だからここに来た〉という題名に覚えがある。これは岡林君が作った曲だ。しかし、覚えがあるのはそこまでで、どんな内容の映画なのか（想像はつくが）、僕がどの辺までこの映画に関わったのか、記憶がない。

きっと、思い出したくないことがあるのだろう。思い出の方が気を利かし、忘れてくれているのだ。ただ、一つだけ、タイトルバックに流れる主題歌のことで、秦社長と意見がぶつかり合ったことだけは覚えている。そのあたりを機に、僕は、のちに会社をやめ、二十数年、音楽の世界から遠ざかったわけだが。いずれにしろ、音楽監督というのは名ばかりで、特に何をしたという覚えはない。

僕の記憶は断片的なものだ。当時、僕はURCレコードで岡林信康の《見るまえに跳べ》を制作していた。岡林君が生ギターからエレキギターに変わる時期だった。近江八幡の岡林家に寝泊りしたり、また、岡林君が彼女を連れて家に泊まりに来たりした。彼女は可愛かった。僕はそんなことしか覚えていない。

あれから三十年。どういう風の吹き回しか、僕は無性にみんなと逢いたくなった。同じ音楽事務所にいたかつての仲間と、たとえば、音楽舎同窓会「フォークルから、はっぴいえんどまで」というようなコンサートを開くことが出来ないだろうかなどと考えた。もちろん、懐かしんで、当時を再現するというのではなく、「今、僕らは何を歌う」がテーマで。そして、久しぶりに、打ち上げで、大いに飲めたらなと夢のようなことを思った。そこで、僕はまず、岡林君に手紙を書いた。すると、しばらくして、岡林君から、浮わついた僕をシュンとさせる返事が届いた。

それは、痛いくらい、美しい文章だった。手紙をここに無断で載せるわけにはいかないが、要約すると。

自分は、そういうコンサートに参加する意思はまったくないこと。誰が悪い、誰と会いたくないということではなく、昔のことは、思い出すだけでも、つらく、哀しくなってくること。そして、このことは、誰にも理解してもらえないだろうと思っていること。

そんな、感じだった。それはちょうど、僕が二十数年間、歌仲間と離れ、本屋をやっていた時の心境と少し似ているところがあった。僕は何かいたたまれない気持ちになった。申し訳ない気持ちにもなった。何もわかってないのに、人の心の中に、無神経にずかずかと入り込んでしまったような気持ちになった。きっと、嫌なことがあったのだろう。

人の心の中は、わからない。考えてみれば、自分の心の中もわからないくらいだから、人の心などわかるはずがない。このごろは、みんな評論家っぽくなって、あいつはああだよ、こうだよと勝手に解釈したりしがちだけど、人の心は、そんな簡単に、人にはわからない。もっと深くて複雑なものだ。

僕は、自分が調子に乗っていることに気づいた。僕だって、ふと我に帰れば、みんなに逢う元気などさらさらないのだ。思い出は、それぞれの心の中に、そっとしまっておけばいい。過去を嫌っているのではない。愛しく思う。その分、他人にかき回されたくないだけなのだ。

僕はこの映画を観たいとは思わない。たぶん、岡林君もそうだろう。他の出演者の方も、もしかしたら、そうかも知れない。そんなものである。ものを創っている人は、作品がいわば、排泄物みたいなものだから、ましてや、三十年も前のものなど、こういう音源や映像をひっぱり出してくる人を含め、苦々しく思っているくらいなのだ。

昔は、ああだった、こうだったよりも、今、何を考え、今、何をしようとしているのか、今、何を歌おうとしているのかの方が大切だ。過去の輝きなど、どうでもいい。今、輝いているかどうかだ。

そして、忘れてはいけない。人のことよりも、人が何を歌っているかよりも、自分が今、何を歌いたくなったかが一番大切なことである。

福岡市総合図書館企画上映「アートフル・ムービーの全貌」パンフレット　2001. 2

どうしたらいい文章が書けるだろうか

好きな作家が大学中退だったので、中退すれば作家になれるのではないかと思った。髪を伸ばせばビートルズ、サングラスをかければ野坂昭如、家出をすれば寺山修司、女遊びをすれば芸人に。なんだかよくわからないけど、とにかく、家庭を壊さなければならなかった。良きパパ、良き夫では、ものは生まれて来ないと思った。そして住むなら、やはり、鎌倉でなければならなかった。しかし、一行も書けないし、何者にもなれなかった。

前回、本屋の夢ばかり見ていることを書いたら、なんと、あれから、すっかり本屋の夢を見なくなってしまった。やっと本屋を卒業した感じである。夢が日常を観察し、文章にまで目を通しているような気がする。

こういうことってないだろうか。たとえば、「私はあの人が大好きだ」と口に出してしまうと、発表してしまうと、そうでもなくなってしまうような。「俺はあいつが大嫌いだ」と白状してしまうと、書いてしまうと、もう、そうでもなくなってしまうような。言えば楽になる。書けば楽になる。話すということ、書くということは、そういうことなのだと思う。

本当のことは、言葉にならないのかも知れない。言葉にした途端、すり抜けていってしまうのだ。本当らしいことは、どこにでも転がっているが、心に残るものは、形にならない。読み取らなきゃ、聴き取らなきゃ、つかめない。

あの人は、昔は良かったけれど、今良くないんだっていうのをよく聞くけれど、本当にそうなのだろうか。今良くないんだったら、実は昔も良くなかったのではないだろうか。それを見抜けなかっただけなのではないだろうか。人は変わらない。変われない。変わったのは向こうではなく、見る目が変わったのである。

第一印象が正しい。第一印象が良ければ、きっと最後までいい。第一印象が悪ければ、途中良くたって、最終的に悪い。第一印象を信じる。自分の感覚を信じる。ひらめきを信じる。一度信じたら信じ通す。そうなるように磨く。

歌番組に歌はない。音楽雑誌に音楽はない。詩集の中に詩などない。名言集の中に名言はない。たぶん、小説の中に小説はない。哲学書の中に哲学はない。詩は詩のないところに落ちている。歌は歌のないところから聴こえてくる。

物語が勝手に始まってしまうせいか、どうも、小説はすうっと入って行けない。江戸川乱歩のように、「これから始まる物語は」などと話しかけてくれればわかりやすいのだが、突然、会話から入ったりすると、何がなんだかさっぱりわからなくて、僕などは、二、三行読んで、ピンと来なければ、すぐ閉じてしまう。

音楽もそうだ。最初の一、二小節で決まってしまう。好きか嫌いか、いいか悪いかを判断してしまう。別に自慢話をしているのではない。性格が悪いわけでもない。

受け付けないものがたくさんある。想像力がないから、戯曲はだめ。詩はわからない。短歌はもっとわからない。翻訳ものはカタカナが多いから。専門書は漢字が多いから。漫画もだめ。読むものがない。間口が狭い。かといって、得意な分野があるわけでもない。本も、音楽も、人間も好きなんだけれど、好きゆえに嫌いなものの方が断然多いのである。出来れば、何でも受け入れ、何でも好み、何でも美味しいって食べちゃう方が、人生は楽しい。

夜、眠れなくて、寝ても夜中の二時とか三時に目が覚め、どうにもこうにも調子が悪い時期があった。そんな時、『小林秀雄講演』（新潮社カセット）を聴きながら寝ると、これがまた子守唄のようで、いつのまにか寝てしまうのだ。そして翌朝、さて、どんな内容だったのか。まったく覚えがないから、次の日もまた次の日も聴きながら寝る。

テープは十本。時間にして約十時間ある。薬の話やユリ・ゲラーの念力の話などから始まって、いつのまにか、科学に惑わされてはいけないとか、知識人を嫌い抜く話になってゆく。「世の中にはやさしく言おうとしても言えないものがあるんです」と言いながら、著者の文章よりは、はるかにわかりやすい。何故なのだろう。わかりやすく喋ろうという優しさと、やはり、わかりやすく喋れる力があるのだろう。力というより、魂だろうか。

小林秀雄は声がいい。息づかいがいい。落語のようでもある。やさしくてむずかしい。聴くたびに発見がある。僕には終わりがない音楽だ。

大江健三郎の講演テープも聴いたことがある。これも小説よりわかりやすかった。

人を前にして話すのと、机を前にして書くのとでは、違うのかもしれない。昔、井上ひさしの講演を生で聴いたことがある。面白かった。「人の数だけ中心がある」。その言葉を聴けただけでも、充分の気がした。やはり、話が面白い人は、作品も面白い。音楽もそうだ。話が面白い人は、曲もいい。話が面白くなければ、やはり歌もつまらない。話が気持ち悪ければ、歌も気持ちが悪い。だから僕はばれないように極力ステージで喋らない。

どうしたらいい文章が書けるのだろうか。何かいいヒントはないだろうか。

小林秀雄「文を飾ったって文は生きないんです。チェホフが言ったように、文は率直に書くべきなんです。雨が降ったら雨が降ったとお書きなさい。それが出来ないんですね。雨が降ったら雨が降ったではすまないんですね。なんかつけ加えたいんです。しゃれたことを。雨が降ったら雨が降ったと書けばたくさんだと思って、立派な文章を書ける人が名人というんです。そういう人は、文を飾るんじゃないんだけれども、文章に間があるんです。リズムが。それで読む人はその間に乗せられるんです。知らないうちに」

外山滋比古「新しいつもりで書いたところから文章は古くなる。腐り出す。古いものはもう古くならないが、新しいものはどんどん年をとる。大工は生木で家を建てない。正確な文章を書こうとしたら、多少、保守的にする覚悟がいる」

新川和江「原稿用紙を使う人は言葉に慣れている人ですね。だから言葉に自信があるんでしょう。自分が並べると言葉がいうことをきくと思ってる。だけどそういう扱いをすると、言葉が背くんですね。そっぽを向く。だからいい詩にならないんです」

荒川洋治「①知識を書かないこと　②情報を書かないこと　③何も書かないこと」。「自分のなかにある『権力』をゼロにする。言葉をも追い払う気持ちで書き、死後に託す。生きている人の評価に耳を貸してはならない」

変態おやじのまねが好きで、実は地なのだが、娘と歩いているとき、前をミニスカートの女の子が歩いていて、「足が二本、歩いてるね」と言ったら、娘が「うん、手じゃないね」と返してくれた。

「洋服ぐらい、自分でたたみなさいよ。一人になったらどうするの」

「やれば出来ることなんかやる必要ない。やっても出来ないことを俺はやってるんだから」

「ほら、俺ってさ、竹をスパッと割ったような性格してるじゃん」

「うん、そうそう。竹の中にいっぱいおもちが入ってるのね」

晶文社ホームページ　2001.2

心を小さくする

精神科の診察を受けた。鬱病かどうか、はっきりさせたかったからだ。もしも、立派な鬱病なら、やはりそうだったのかとひとまず安心し、薬で治せるものなら治したいし、これは性格なんだということであれば、それはそれで、あきらめもつく。

暗い。いつまでも悔やむ。前向きになれない。年賀状の返事が書けない。自信が持てない。良いところもあるだろうに、悪いところばかり目に付く。常に気持ちが沈み、ずうっとトンネルの中に入っているようだ。三年ぐらい前からだろうか。いや、それとも三十年ぐらい前からか。はっきりしない。

最近、特にひどくなってきた。人と会えない。友達から誘われても、出かける気が起きない。女の子からの誘いも、断ってしまった。めったにないのに。夜眠れない。寝ても途中で目が覚める。起きると、首や手首が非常に痛い。症状を話すと、医師から質問された。すると、あれ、もしかして、自分はそれほど重症ではないのかなと思った。食欲もあるし、ものごとすべてにおいて興味を失ったわけでもない。犬の散歩は楽しいし、草木を眺めるのも悪くない。

医師の診断結果は、抑鬱状態というものだった。抑鬱状態という円の中に、鬱病があるらしい。先生は「普通がこの辺だとすると、少し落ちてますね」と右手でカーブを描いた。「これを飲めば、きっと、よくなると思いますよ」と薬を処方してくれた。効能書には「不安と緊張を取り除き、心と体の調子を良くする薬です」と記されていた。それが本当なら、なんと素晴らしい薬だろう。

飲み始めたばかりだけど、良さそうである。まず、首や手首の痛みが和らいだ。友達から誘われても、出かけられそうである。しかし、そう思った矢先、十日後ぐらいで、また、気分が元に戻ってしまった。ただ、眠いだけである。

次の診察では、もう一段階強い薬をプラスしてくれた。今度は「気持ちを楽にして意欲を高める薬です」と書いてある。飲む前から、いいなーと思った。強い薬は、いくらでもあるらしい。しかし、その分副作用がある。アルコールを飲むせいかわからないが、翌朝、吐き気をもよおした。僕には最初の薬が合っているのかも知れない。

それにしても、精神は体のどこにあるのだろう。心はどこにあるのだろう。体の外にはないのだろうか。病んだ心を、どうして、薬で治せるのだろう。

藤平光一の『「氣」の威力』（講談社）という本を読んだ。それまで「気」など気にもしていなかったのだが、中日ドラゴンズの佐藤球団社長が「今年こそ巨人を倒して優勝しよう」とその本を全選手とスタッフに配ったことを新聞で知ったからだ。そこで僕も星野中日ドラゴンズの一員なので読まざるをえなかったのである。うーん、なるほどと思った。

「1臍下の一点に心をしずめ統一する。2全身の力を完全に抜く。3体のすべての部分の重みをその最下部におく。4氣を出す」

しかし、なかなかうまくいかない。心をお臍の下に置くといっても、その心がつかめない。たとえば、ステージなどであがってしまった時、心臓がバクバクして、のど元まで何かがこみ上げて来るように感じるが、あれが心なのだろうか。たしかに、力士やスポーツ選手は、みな重心が下にある。その方が安定感があって強そうだ。そして、なんと、下腹に力を入れるのではなく、力を抜くのがコツらしい。振り返ってみると、僕は力んでばかりいた。力を入れれば、力が出ると思っていた。しかし、違うらしいのだ。たとえば、腕を曲げて力を入れても、腕は簡単に伸ばされてしまう。倒されまいと足を踏ん張っても、押されれば、倒されてしまう。力を抜いた方が倒れにくい。合気道だ。心が体を動かすらしい。

力を抜くことと、リラックスすることが、大切なことはよくわかったのだが、では、どうすれば、力を抜いたり、リラックス出来るのかがよくわからない。すでに緊張してしまった場合など。そんな話を、サックス奏者の梅津和時さんにしてみたら、やはり、リラックスすることは大切らしい。演奏前にわざと走ったり、肩の力をふにゃふにゃにさせたり、演奏中に手や片足を上げ下げして、重心が下にあることを確認するらしい。オペラ歌手やいろんな歌手がステージ上で、手を上げたり下げたり、派手な動きをするのは、そういう効果もあるのだろう。そして、音楽は、なんといっても、呼吸法に尽きると言われた。

本番に弱い。リハーサルは強い。リハーサルが本番だったらいいのにと思う。ステージでたった一人だからとか、歌う仕事が極端に少ないからとか、そういう、言い訳にならない言い訳を仮に考慮しても、まあ、はっきり言って、度胸がない。余裕がない。大勢の人の前に立つと、平常心になれない。

大げさな言い方をすると、麻酔なしの手術を受ける心境である。綱渡りをしているようである。のどが渇く。身体が硬い。楽器の調律が微妙に狂っているように感じる。神経が過敏になる。頭が別なことを考えている。リズムを作り出せない。声を出すばかりで、引く、抜く、吸う、間を取るという細かい感覚が作り出せない。こんなはずではなかったと思う。ストライクがまったく入らないピッチャーのようである。平均台から落ちてしまった体操選手の顔である。

そんなに向いてないのなら、やめればいいものをと思う。なのに、どうして僕は歌手を志しているのだろう。才能はない。あれば、二十一歳でやめずに歌い続けていた。技術もない。あれば、どんな曲だって歌いこなせる。度胸がない。なのに、人前で歌おうとしている。それがわからない。自分でもわからない。そんな甘ったれたことを、ふと、ある人にこぼしたら、「神様のいたずらだね」と言われた。

どうすれば、あがらずに歌えるのだろう。どうすれば、うまく歌の世界に入っていけるのだろう。せっかくなら、気持ちよく歌いたい。それとも、うまく行くのも行かないのも、それが実力なのだろうか。

人に尋ねてみた。すると、ほとんどの人は、みな同じだよと言う。それにしては、みんな堂々としている。娘にも訊いてみた。僕と同じように心配性の娘にだ。そしたら、「緊張していると感じてきたら、それは、だんだん集中してきたんだと思えばいいんだよ」と言われた。

本当は、ステージであがろうが、あがるまいが、そんなことは、どうでもいい。歌いたい歌があり、伝えたい人がいれば、そして、自分の気持ちをちゃんと歌に表すことが出来れば、ステージでずっこけようが、笑われようが、多くの人に受け入れられなくとも、そんなことは、かまわない。それは、僕が観客だったら、そう思うからだ。フジ子・ヘミングが確かこんなようなことを言っていた。「完璧な演奏なんてつまらない。この先どうなっちゃうのかなと思うくらいがよくて、最後の方で決まれば良いのだ」と。山田詠美だって荒木経惟との対談でこう語っている。「人間を感動させるものって、もっと素朴で、もっと単純で、拙いものだと思うの」

『「氣」の威力』に書いてあった。「臍下にしずめた心を小さくする。出来るだけ小さくする。けれど、決して心はなくならない。ゼロにはならない。宇宙は無限だから、その心を宇宙の中心に置く。そして、氣を出す」。そうだ。力を入れれば、力が出るのではない。心を大きく持てば、心が強くなれるのではない。気も心も僕はつかめていないけれど、心を小さくすれば、もっともっと小さくすれば、鬱病なんかきっと消えてしまうだろう。

晶文社ホームページ　2001.7

躁と鬱の間で

いつか僕の生命が　消えかかる時に
僕は何を思って　死んで行くのだろう
「ありがとう」なんて言えたなら　いい感じで終われるけど
「バカみたい」と顔をしかめて　つぶやくような気がする
一つのことばかり気になってしまい　突然すべてを壊したくなる
躁と鬱の間を行ったり来たり　後悔と嫌悪の連続

人に逢うのが怖くて　閉じこもったまま
思うように歌が　出来ないんだ
心が元気になれたなら　どこまでも歩いて行けるさ
ステキなあの子に逢えるなら　優しい気持ちになれる
ざわざわ心が落ち着かなくなって　突然不安が襲いかかってくる
躁と鬱の間を行ったり来たり　僕は相変わらずさ

人の悪口

　酔った勢いで、つい、調子に乗って、人の悪口を言ってしまった。ふざけ半分ならまだしも、ちょっと、真剣な口調になってしまったので、翌朝、後悔した。

　それは、テレビによく出て来る人で、僕とは何ら関係もなく、まして、何か迷惑をかけられたわけでもない。なのに、どういうわけだか、気に入らない。あのふざけた顔や、すごんでいるような顔も、見るだけで、何かわざとらしく感じて、すぐチャンネルを変えたくなる。もちろん、その人の番組は見ない。ところが、突然コマーシャルで登場して来たり、新聞や雑誌でよく見かけるので、意識しないようにしていても、なかなか避けられない。

　どこがいいのか、何が面白いのか、どこがかっこいいのか、何の才能があるのか、僕にはよくわからない。しかし、ずいぶんと人気があり、もう、たぶん、大御所である。

悪評をこれまでに偶然三回見かけた。三つとも、もちろん僕のように、ただ、気に入らないと言うのではなく、ちゃんと評論になっているやつだ。一つは、佐高信の文庫本で、二つ目は、斎藤美奈子が週刊誌にその人の詩集のつまらなさを書いていた。三つ目は、映画評論のおすぎが新聞に、誰もケチをつける人がいないからあえて言うけれど、といった雰囲気で、最初の頃の映画は良かったが、最新作は全然なってないと評していた。

それらの映画を僕は観ていないが、最近のが良くないんだったら、本当は、昔のも良くなかったのではないかと疑ってしまう。観なくてもわかる。読まなくてもわかる。つき合わなくてもわかる。いいか悪いか、好きか嫌いかは。

ところで、何でこんなに、目の敵のように、僕はその人を嫌うのだろう。嫌なら無視すればいいものを。実際、どうでもいいことなのだ。なのに、好きじゃないとわざわざ言うのは、どういうことなのだろう。世間と評価が違うから、納得いかないのだが、こだわっている。いい気になってと思う。俺の方がいいのにとさえ思っている。うぬぼれている。俺も、相当、性格が悪い。

嫉妬である。もしかしたら、そういう人物に自分がなりたいのかも知れない。本当は、好きなのかも知れない。いや、そんなはずはない。しかし、何か縁があったら、わからない。人間なんて、いいかげんなものだ。誰が好きとか嫌いとか、ちょっとしたことだ。距離だ。好きになれば、短所だって長所になってしまう。

理屈ではない。食わず嫌いのようなものだ。食べもののように、好きか嫌いかの理由は、相手に責任があるのではなく、自分に原因がある。

仲間うちで、その場にいない人の悪口をふざけてちょっと言うくらいなら、まあ面白いが、力んで言うことではない。わざわざ、公言することはない。みっともない。私は、間違っている。

実は、うちの妻も、テレビに向かって、一人だけ、ある女性が出て来ると、「あっ、回して」という人がいる。どうってことない人なのだが、なぜか、気に障るらしい。長女にもそんな女性がいる。どういうわけだろう。うちの家族はみんな性格が悪い。いや、僕が言うのも変だが、妻も娘も僕よりは性格がいい。劣っている部分はたしかにあるが、それほど、悪い性格ではない。それでも、テレビに向かって、一人ぐらい、知りもしないのに、嫌いな人がいるのだ。

人が人の悪口を言っている姿は、やはり、あまり、ステキではない。美しくない。悪口が、そっくり鏡に映って、自分のことを言っているようだ。その醜さが乗り移ってしまっているようにも思える。

そういう嫉妬とうぬぼれと醜さが全部ばれてしまうものだから、極力、人の悪口は言わないように、触れないようにしていたのだが、つい、言ってしまった。もしも、自分が逆に悪口を言われたら、十倍に返したくなるくらい、すごく頭に来るくせに。でも、溜めておくより、こうして、いったん、口に出してしまえば、もう、気にならなくなるかも知れない。そう思おう。

たとえば、同じ職場で、仲間が自分を超えて、出世なんかしたりした場合、出世なんてちょっともう古い言葉なのかも知れないが、とにかく、えらく差がついたりしたら、された方は、きっと面白くないだろうなと思う。大きな会社に就職したことがないから、よくわからないが、でも、それは、たぶん、どの世界でも同じだろう。かつて、二十年ぐらい、本屋をやっていたことがあるが、やはり、同じ地域で、同じぐらいの規模の店同士は、お互いに負けまいと、たいしたことはないが、燃えていた。

歌も同じだ。同じようなレベルで同じようなタイプの歌を歌っている者同士は、とくにそうだと思う。たとえ、部分的に認め合っていても、もしも、何かの拍子に、ひどく差がついてしまったりしたら、おもしろくないに違いない。嫌な話だなー。

歌なんて、いいも悪いも、好むか好まぬかだけだから、数字で評価されたりすると、よけい、むかっと来る。その点、スポーツ選手は、すっきりしている。すべて、数字で決着がつくからだ。数字で表せない芸術の分野は、だからこそ、もっともっと、違いを出さなければならないのだ。同じ目的など持ってはいけない。違いさえあれば、勝ち負けなどない。

先日、東京新聞夕刊にいい言葉があった。心の語録というシリーズで、漫画家の杉浦幸雄が恩師岡本一平先生に教わり気が楽になった言葉だ。「仲間や同僚をライバルにするな。ライバルはお釈迦様か、キリスト様にしろ」だって。

何の繋がりもないが。なぜか、白洲正子の「むうちゃん」のことを書いた文章を思い出した。『いまなぜ青山二郎なのか』（新潮社）にも書かれてあったし、「銀座に生き銀座に死す」という文章にくわしい。

むうちゃんは、銀座のバアで働いていた女性で、直木三十五、菊池寛、小林秀雄、坂口安吾、河上徹太郎、大岡昇平ｅｔｃ、ｅｔｃと関係があったらしい。男は、みな、自分が一番になりたくて、仲間を超えるため、先輩を超えるため、いや、仲間を愛し、先輩を尊敬するあまりなのか、その人の女まで、才能を盗むように、奪ってしまうということがあるらしい。どうも、僕が解説すると、ひどく、下品になってしまうが、芸術家というのは、そういうところがあるらしい。

小林秀雄は、柳田國男の『山の人生』の序文にあたる「ある囚人の話」にからんで、田山花袋の『蒲団』を評し、「ちょうど、その頃はね、日本の文壇では、田山花袋だとか、自然主義文学が盛んな時さ。それで、どっかの女の子と恋愛して、その女の子に逃げられて、女の子の移り香が蒲団に匂ったとか、そんな小説を書いて得意になってた頃ですよ。それが自然主義だ、いろんなつまらん恋愛を書いてだね、心理的な小説をいくつもいくつも書いて威張ってた頃に、柳田さんはおそらく、何をしてるんだ諸君と言いたかったんだな、僕はそう思うよ。僕の今語っているのが、これが人生なんだよ、何だい、諸君の、小説なんかで、自然主義だ、これこそ人生の真相だなんて、威張り腐っているものは、あんなものは、みんな言葉じゃないか」と語っていたが。

僕は『蒲団』を読んだ時、中年の変態男の話だとは全然思わず、どうして、こんなにみっともない自分をわざわざ書くのだろうということに感動したくらいだから、困ってしまった。

僕は、野々上慶一著『ある回想　小林秀雄と河上徹太郎』（小澤書店）の中で、小林秀雄が言ったセリフがどうしても忘れられない。「知っての通り、僕には女房も小さな児もいる。それでもムー公のこと忘れられない。しかし僕は、キッパリと諦める。僕にはムー公より、河上の方が大事なんだ。おぼえておいてくれ」

人の嫌な部分が見えてしまうのは、きっと、自分も同じ嫌な部分を持っているからだ。相手の素晴らしさが感じられるのは、実はそれと同じ素晴らしさを、自分も心の中に持っているからだ。嫌なやつが嫌なんじゃない。すごい人がすごいんじゃない。すごいと思う人がすごいのだ。

晶文社ホームページ　2001.8

良い本と良い本屋と良い客

大槻ケンヂ氏と何年か前、ある音楽雑誌で対談みたいなのをした時、大槻さんから、「エッチな本を恥ずかしくなく、上手に買う方法というのはありますかね」というようなことを尋ねられたことがあった。その時、僕は「いやらしい本をスマートに買える人が本当の読書人なんです」と、すまーして答えたものだった。

僕がやっていた本屋は、小さな町の小さな本屋であったが、岩波文庫とフランス書院文庫を全点置いていたような店で、『SMスナイパー』を求めるお客さんに対しても、みすず書房の本を買ってくれるお客さんに対しても、当たり前なことだが、なんの差別もなく、まったく同じ態度だった。

子どものお客さんもいたから、どぎついエッチな本は、なるべく、目のつかないところに散りばめて、いかに、自然に並べるかも大切だったたし、それを買っていくお客さんに対しても、決して恥ずかしくないよう、心がけていた。たとえば、すばやく袋に入れるとか、顔を見ないようにするとか、それは、アルバイトの女の子にも徹底させていた。自分の娘には、手を握ってつり銭をお返ししなさいと言っていたくらいだ。だから、うちは、当時売れていたコミックやゲーム本やパソコン関連書が、興味がなかったせいもあるが、揃っていなくても、文芸書とエッチ本でもっていたようなところがあった。

本屋を始めたのは、本が好きだったからだが、でも読書好きというのではなく、ただ、他のものよりは、まあ、人間や騒音に囲まれているよりは、本に囲まれている方が居心地がいいかなという程度で、セリフも「いらっしゃいませ、ありがとうございます」だけですむと思っていたのだが、いざ、始めてみると、まったく、大きな間違いであった。

売れる本は容易に入って来ないし、それは納得出来ても、お客さんの注文分が、注文しても発売日に入って来ない、出版社に買いに行っても売ってくれない、それには、ほとほと参った。そういう、対、取次や版元に対しての不満は、今、思い出しただけでも、言葉が出なくなるほどであり、その出版社の玄関口で焼身自殺をしようかと思ったくらい、もちろん、半分冗談だが、そのくらい、ものの売り買いに対しての信用問題として、嫌な思いを何度もした。そのこととは別に、お客さんとの応対も、正直、疲れた。

うちは、夫婦ふたりと、アルバイトという体制だったが、僕がお客さんとうまく喋れなかった代わりに、うちのは、喋るのが苦ではなく、といっても、全然、本のことではなく、世間話のようなたわいない話で、つまり、本屋でなくてもいっこうに良かったのだが、特に、子ども連れの奥さんなんかとは、子ども好きだから、非常に楽しんで、付録の余りみたいなのを景品であげたりして喜ばれていた。

『週刊テレビガイド』を毎週、買いに来るおばあちゃんなんかとも、毎回、何かしら言葉を交わし、「今日はいくらか涼しいわねー」などと、どうでもいいことだったが、今、思い出すと、それはそれで、いい感じのものであった。

ところが、文芸書を買っていく、お客さんの中に、もちろん、数としては良い人の方が断然多いが、僕を疲れさせてくれるお客さんが結構いた。つまり、いい本を買っていくから、いい人だとは限らず、いい本を読んでいるから、いい人だとも限らず、いい本を作っているから、いい出版社だとは限らないのである。

何故なのだろう。いかにも「良書を出しています」というような出版社ほど、おごりがあって、小さな本屋を困らせていたように、「俺は、本が好きだぞ」というタイプの人の中に、意外と、嫌なお客さんが目についた。本当に、少数ではあるが、ましてや、今ごろ悪口を言ってはいけないが、ああでもない、こうでもないと、得意がったり、自慢したり、文句を言ったり、きどったり、僕から言われたくないかも知れないが、くせのある、ねちっこいタイプが多くいた。類は友を呼ぶのだろうか。

そう感じていたのは、僕だけではない。当時『本の新聞』という四ページの月刊紙を一緒に発行していた本屋仲間とも、そんな話をよくしていたし、今は、店を閉じてしまった、小倉「金栄堂」の若主人と話をした時もそう思った。「どういうお客さんが好きですか」と尋ねた時に、「さわやかな気持ちにさせてくれる人だよね」と語っていた。

どの世界だってそうかも知れない。ちょっと知識がある。ものを知っている。通になる。評論家っぽくなる。くせを持つ。こだわる。そういう人に限って、とかく、さわやかさに欠ける。こだわるのは、とても大切だが、こだわっているぞということを人に見せてはいけない。それが、分かれ目だ。

ところで、エッチな本を買っていく人は、まず、話しかけて来ない。たとえば、「家に帰ったら、同じものがあったのよね。だぶっちゃったの。だから取り換えて」などと言わない。配達してくれとも言わない。「ここ、曲がってるから、負かんないの」と自分からは言い出さない。甘えない。うぬぼれない。サービスを要求しない。

本の内容について、仮に不満があったとしても、きっとあるだろうに、いっさい文句を言わない。まさに「いらっしゃいませ、ありがとうございます」だけの世界だ。静かで孤独な世界だ。

ある時、どうせ、大書店に対抗できないのなら、いやらしい本だけを集めた、しびれちゃう専門店を作ろうかと一瞬ひらめいたが、よくよく、考えてみれば、それは、入ってくるお客さんが、すべて、むさくるしい男ばかりだということに気付いて、思いとどまった。やらなくて良かった。

人は、いやらしいことをしたり、人前で、いやらしい本を手にしようとした時の自分の顔を想像すると、なるべく、人には見られたくないと思うのが普通である。同じ行為が、好き同士なら愛になり、一方的だと犯罪になるような、猥褻行為は、美しさと醜さの境目にある。

そんな、いやらしいことをまったく人に不快感を与えずに出来る人というのは、余程の達人だ。いやらしい本を、なんの恥じらいもなく、スマートに買えるということは、それは、才能である。人柄である。僕が女なら、そういう人と、結婚したいと思う。

本屋をやめて思ったことの一つ。ああ、もっと個性を出せば良かったと思った。出さなければいけないと反省した。小さな町での小さな本屋の専門店化は、もちろん、難しいが、専門店というのではなく、自分が売りたい本を売ろうという気持ちをもっと持つべきだと思った。棚は限られているのだから、あれもこれも置かず、ある分野はすっぱりあきらめ、何を捨てるかに重点を置き、お客さんと共に、いっぺんに出来なくても、少しずつでいいから、一部分でもいいから、棚に個性を出して行くべきだと思った。本なんて、誰だって売れるのだ。誰だって作れるのだ。自分が売れるものは、自分しかないじゃないか。

それと、もう一つ。店の中で携帯電話をかけているおバカさんを取り締まって欲しい。平積みの本の上に、相変わらず、カバンを乗せている人を逮捕して欲しい。

それから、気持ちはわかるが、売り物の本をただで読むのは間違いである。それは、たとえば電車の中で、それも電車賃を払わずに、ただで女のお尻を触ってしまおうという魂胆と同じ行為である。もちろん、この時の立ち読みは、どんな本なのかとパラパラと目を通すようなものではなく、最初から最後まで、全部読み切ってしまうのを指す。そんな話をすると、そんな人いるんですかと聞かれるけれど、いるんです。「もう勘弁してね」と言ったって、毎日のようにやってくる。あれは、いったい何だったんだろう。いまだに、不思議の一つだ。しかし、時代は変わった。最近は、椅子まで用意されている。

一年ほど前、神保町すずらん通り「東京堂書店」に入った時、文庫棚を眺めていたら、思想書と猥褻本を、段違いに、交互に並べてあったのを見て、「おー」と思った。昔、たしか、荒木経惟の『写真時代』(白夜書房)が出版されていた頃、ある書店が「猥褻は大切」というフェアをやったことがある。その書店を見学しには行かなかったが、そのタイトルに「うーん、負けた」と思った。いやらしいものをいかにいやらしく見せないかは、永遠のテーマである。

思想書に思想が書かれているとは限らず、哲学書に哲学があるとは限らず、同じく、詩集の中に詩があるとも限らず、猥褻書に猥褻があるとは限らない。思想も芸術も猥褻も、それらは、すべて、本の中にあるのではなく、人の心の中や生活の中にあるだけだ。良い本は、どんなに悲しくとも、どんなにいやらしくとも、どんなに気むずかしくとも、色っぽい、品がある。良い本屋は、棚に主張がある。本が生きている。良い客は、さわやかな風のように、お客さんの方から、「ありがとう」なんて言いながら、すうっと通り抜けて行く。元気を与えてくれるものだけが正しい。

出版ダイジェスト　2001. 10. 21

犬と写真

最近、デジカメに凝っている。チャコの散歩中に、よその犬を撮って、それをハガキサイズにプリントして遊んでいる。もともと、パソコンは苦手で、人に教わるのも苦手ときているから、解説書を読んでみてもわからず、友達もいないから、訊くことも出来ない。でも、なんとか、プリントするまでは出来るようになった。

僕の持っているデジカメは、レンズが百八十度回転するソニーのDSC−F55Vなのだが、デジカメすべてがそうなのか、この機種だけがそうなのかよくわからないが、シャッターチャンスがワンテンポ遅れるのが、ちょっと欠点である。動きのあるものを撮ろうとすると、なかなか、タイミングが合わない。ファインダーがないのはいいけれど、太陽の下では液晶画面がよく見えず、たとえば、水平線をまっすぐにして撮ったつもりが、斜めになっていたりして、なかなか、困りものである。

悪口を言ってしまったが、まあ、失敗作はすぐ消せるし、いわゆるフィルムを気にせず、何枚も撮れるし、レンズをくるりと回せば、目線の低いワンちゃんを撮る時など、しゃがまなくてすむし、どういうわけだか、偶然、いい写真が撮れるので、結構、気に入っている。

デジカメは撮影している時よりも、そのあとが楽しい。パソコンの画面上に写真を並べ、ダメなのは捨てて、気に入ったものだけをプリントするわけだが、ちょっと構図を変えたり、引き伸ばしたり、いわゆるトリミングをすると、どうってことない写真が、意外と、いい写真に生まれ変わる場合がある。

今まで、通常のカメラで撮っていた時は、現像も焼き増しも、すべて写真屋さん任せだったわけだが、自分でプリントすると、まあ、錯覚かも知れないけれど、何だか写真がうまくなったような気がする。

それと、やはり、被写体がいいのだ。海と空を背景にワンちゃんしか撮らないからだ。もしくは、ワンちゃんと一緒の飼い主しか撮らないからだ。それにしても、犬と飼い主はそっくりである。顔や表情や体つきや雰囲気や性格まで、時には、笑ってしまうくらい、どっちが犬だかわからないくらい似ている。あれは、何故なのだろう。

出来たハガキを渡すと、知らない間に撮ったようなものもあるから、びっくりされて、結構、喜ばれる。なにしろ、お互い、犬に対し、親ばか同士であるから、どう写っていようと嬉しいのだ。

たったそれだけのことだが、最近、それで、午前中がつぶれてしまい、「俺、こんなことしている暇ないんだよね」などと言いながら、はまっている。鎌倉には、まだまだ出会っていないワンちゃんがたくさんいるのだ。


でも、プリンターの調子が今ひとつ悪い。パソコンの画面上では、とてもキレイなのだが、印刷すると、落ちるのだ。よーく見ると、うすーく横線が入っている。昔のテレビの走査線みたいだ。最初は、こんなものなのかと、あきらめ、まあ、かえって、やぼったくて、いいかなぐらいに思っていたのだが、だんだん、そのうすーいピンクの横線が、ひどくなって来て、気になり出して来た。メーカーに問い合わせると、やはり、おかしいとのこと。インクを変えたり、設定し直したり、いろいろやってみたが、直らない。結局、修理に出してしまった。

数年前、Macintosh Performa 5210を購入した時も、画面が突然、紫色に変色してしまい、しばらく我慢して使っていたのだが、夢にまで紫色が出て来てしまったので、修理に出したことがあった。ちょっといじると、すぐ固まってしまい、一日中格闘して、へとへとになってしまうことが何度もあったので、それ以来、もう他のことは、いっさいせず、ずうっと、ワープロ機能だけしか使わなかったのである。

そのうち、プリンターが壊れ、ならばいっそ、すべてを一新しようと思った。というのは、パソコンの冷却ファンの音がうるさくて、どうにも、我慢が出来なかったからである。

たとえば、深夜、しーんとした部屋で、一人、パソコンに向かいながら、文章を書いていると、始終「ウー」と唸っている音が非常に耳障りになり、その音を消すために、今度は無理やり音楽をかけたり、足の按摩器をゴロゴロ回したりして、余計イライラしていたのであった。

そんな話をすると、「えっ、パソコンから、音、出てますか?」とか「そんなに、気になるほどひどいかなー」と人は言う。うるさいと思っているのは、どうも、僕だけらしいのだ。


しかし、のちのiMacは冷却ファンを付けていない設計ですとパンフレットに書かれてあったし、やはり、メーカーだって、静かな環境を作ろうと努力しているのだ。ところが、今までのPerforma 5210に入っていた文章をiMacに入力出来ないと聞いて、あきれてしまった。デザインは気に入っているのだが、文字が前より見づらくなってしまったみたいだし、シャープの液晶画面なんかと比べると、はるかに落ちる。

どの機種にしようか。実は、迷うのが大好きなのだが、今回ほど、迷ったことはない。一番気にしている冷却ファンの音を、売り場で確認することが出来ないからである。メーカーに問い合わせても、掃除機やエアコンの室外機のように、数字で表していないから、「あまり、気にならないと思います」と言われても、そもそも気になる基準が人と違うから信用できない。求めるものは、無音なのだから、無理な話かも知れない。結局、判断がつかず、画面の見やすさだけで、ソニーのLX30/BPに決めてしまった。買った後も、これで良かったのだろうかと迷った。力は一気に抜け、楽しみはなくなった。何だか、釣った魚みたいだ。

いよいよ、電源を入れて、がっくりした。冷却ファンの音が一段とするではないか。あれから、数年経って、さぞかし、科学は進歩し、きっと改善され、静かであろうと勝手に想像していたのは大間違いであった。何だか今まで使っていたPerforma 5210より音が大きいくらいである。ディスプレイと本体を離すことが出来るので、音を発している本体を机の下の奥にしまい込むと、やっと前と同じくらいの音量になった。

そして、驚いたことに、音楽CDをセットしたら、なおいっそう、「ウー」ってうなり出したので、こりゃ、音楽は聴けたもんじゃないなと思った。こういう不満を持つ人は、他にいないのだろうか。世の中のあらゆる雑音になれて、少しぐらいの雑音は気にならないのだろうか。それとも、やはり、僕がおかしいのだろうか。

何かが便利になると、必ずどこかにしわ寄せが来て、何かが不都合になる。工場の排水、車の排気ガス、ウォークマンの音漏れ。科学は、一見進歩しているようでいて、実は、何も進歩していないのではないだろうか。小林秀雄のセリフが、また聴こえて来る。

「世の中に進歩するものなんてありゃしないよ。すべてのものは変化するだけさ。その変化を君たちが『進歩』と呼びたければ呼んだっていい。しかし、それはただの変化であって、ぼくには進歩なんてものじゃない」。そして、コンピューターについて、「あれは、くわしくなっていくのではなく、細かくなっていくだけなんです」と語っていた。

写真は、撮るのが好きで、といっても、撮るものはなく、せいぜい、老いた妻や、のら猫ぐらいだけなのだが、つい、カメラが欲しくなる。でも、大きいのは持つのが恥ずかしいから、ポケットに入るくらいの小型のカメラが好きだ。パソコンと同じく、充分使いこなせるわけでも、撮るのが上手なわけでもないのに、どうして、カメラが欲しくなるのだろう。万が一、恋人でも出来たら、道具だけは揃えておこうということなのだろうか。

写真は、撮るのも、撮られるのも、その行為自体が、ちょっと緊張を生む。だから、今まで、見知らぬ人にカメラを向けるなんて、僕はまず出来なかったけれど、チャコと散歩するようになって、名も知らぬワンちゃんと、どういう人なのかも知らぬ飼い主さんだけには、自然とカメラを向けられるようになった。まだ、もう一歩、踏み込めない時があるが、犬の方が寄って来る。そして犬は、よく撮られようなんて思っていないのが、いい。写真は、写す者と写されるものの気持ちが写ってしまう。いい写真は、機種ではない。腕でもない。やはり、何でもそうだけれど、素直な気持ちと愛情だ。ぶれていても、粒子が荒れていても、そう、多少、（のちに直ったが）横線が入っていたって、いい写真はある。

荒木経惟『天才アラーキー　写真ノ方法』（集英社新書）にこんな言葉があった。「画面上にピントを合わせるっていう気持ちじゃダメなんだよ。そんときの気持ちとか心、そんときのモノやコトにピントを合わせるっつうことが大切なのよ」。

晶文社ホームページ　2001.9

僕は自分の昔のアルバムが聴けない

Yシャツをズボンの中に入れていたら、「早川さん、それは、出さなきゃ」と言われてしまった。横浜そごうコム・デ・ギャルソンの店長にだ。靴も言われてしまった。「いまどき、そういう靴はいている人いませんよ。まわり見て下さい」そうかな、僕は気に入ってるんだけどな。たしかに、もうずいぶん前に買ったものだけど、別に流行りすたりがあるようなものではなく、スリッポンとかいうごくごく普通な靴だ。「そのジャケットとパンツなんかには、スニーカーの方が似合いますよ」と言う。

めったに行かないのだけど、感じがいい人なので、不思議と僕は不快にならない。うちのもそばで笑っている。わざとよれよれした生地のジャケットなど、「これどうですか。こういうの着こなして欲しいんだけどな」とすすめられた時も、「いやー、僕が着ると、ホームレスになっちゃうからな」と試着すると、「うん、そうですね」と言う。はっきりしている。

その前は、カール・ヘルムに凝っていた。急に色気づいてしまったせいか、一時期、デザインが気に入って、よく通った。今思うと、何でこんなの買っちゃったのかなと思うようなものもあるけれど、そのうち、歳のせいだか何だか似合わなくなってしまったが、そのころの僕は、ピンクハウスの服が似合う女の子とひそかにデイトをしたいと思っていたものだった。

その前は、何でも良くて、何でも良くはないけれど、服屋に入ること自体が好きでなく、買ってきてもらうか、昔のものをずうっと着たりしていた。実家は洋服問屋だったが、どうも服屋は苦手で、なぜなら、本屋と違って、必ず店員が寄って来て、なんだかんだと話しかけてきたり、気のせいかも知れないが、じろりと品定めされるようなところがあるからだ。

今でもそうだが、無地でシンプルなものを探そうとしても、なかなか見つからない。たとえば、海水パンツ。何かしら別な色が混じっていたり、必ずロゴマークが入っている。今でこそ、無印良品とか、ユニクロとかで、無地が多くなったけれど、昔は、Tシャツでもカーテンでも食器でも電気ポットでも何でも、くねくねとした余計なデザインや意味のない柄が必ず入っている。柄が入っている方が、手間がかかるわけだから高価なはずなのに、なぜか、柄入りは安くて無地は高い。あれは不思議だ。何故なのだろう。無地に耐えるデザインなり、質が問われるからだろうか。無地やシンプルや素朴というものは、ごまかしが効かない。

いつ頃からだろうか、ジャンパーはジャンパーとは言わず、ブルゾンと言うようになり、ズボンはパンツ、チョッキはベストと言う。

ギターは、アクセントが変わり、かつて自分のバンド名だったジャックスも、いつのまにか、平坦なアクセントに変わってしまった。それは、奇妙なものだ。冬眠中に、呼び名やアクセントが、何の了解もなしに変わってしまうのは、ずいぶんと取り残された気持ちになる。柔軟でないから、恥ずかしいから、僕はいまだに、ズボンをパンツとは言えない。アクセントもかつてのままだ。

最近またギターを少しさわるようになったのだが、これがまた、慣れない。三十年前、たしかに、エレキギターを弾いていたのだが、まあ、昔から下手というか、ものになっていなかったため、弦を張り替えるだけで、どっと疲れてしまう。指は痛い、リズムはきざめない。

だいたい、昔は、チューニングメーターというものがなかった。ギターとアンプを結ぶシールドも、コードと言っていたし、肩ひものことをストラップと言っていただろうか。それはただ、僕が英語オンチなだけか、とにかく、ステージ上のPAも、録音技術もすっかり変わってしまった。もちろん、便利になり良くなったのだが、うーん、特別歌いやすくなったかというとそうでもない。僕の耳は、なんら昔と変わらないからだ。

二十数年間、音楽から遠ざかり、再び歌い始めた時、最初よく尋ねられたことは、どのように音楽状況が変わったかであった。ところが、僕の耳には、僕の目には、何も変わっていない。たしかに、歌謡曲とか演歌みたいなものが、ずいぶん下火になり、若い人向けの、なんていうジャンルなのかよく知らないけれど、さまざまなものが流行り、それも、歌い手自身が歌を作って歌うというのが、もう当たり前になったのはいいことだが、だからといって、音楽が変わったとか、良くなったとかとは、どうも思えないのである。

結局は、同じだ。流行するものは、いつの時代も、ほんの一部を抜かして、ここがむずかしいところだが、決まって、ほとんどつまらないものである。でも、これは、常に老人が言うセリフだ。

かといって、昔を懐かしみ、かつての流行り歌を求める気持ちは僕には全然ない。やはり、昔を懐かしむというのは、あまり好きじゃない。時々はいいけれど、それがメインというのは、ステキじゃない。やはり、今、作られているもの、今、生まれたものを見たり聴いたりして感動できる状態の方が好ましい。

　過去を振り返り、あの頃は良かったなーとか、あの時代は良かったなーと、過去に輝いていたものを祭り上げるというか、抜け出せないというのは寂しい。

　別に僕の過去が輝いていたわけではないが、時々、過去の歌を評価されると、もちろん、嫌ではないけれど、必ず今の自分に突き当たる。だから、もしも、昔の歌だけを評価されると、頑張らなくちゃいけないなと思う。過去のことなど、僕にとっては、どうでもいいことなのだ。今の僕がいいか悪いかだけである。


　だからといって、さも僕が前向きな男かというと、実はそうではなく、まったく逆で、常に僕は過去を振り返り、後悔し、こもっている。だからこそ、人が過去をほじくり出していると、嫌悪を感じるのだろう。

　今、何を考え、今、何を思い、今、どんな気持ちなのかを歌に表現できたらと思う。それでこそ、歌手というものだ。もちろん、歌う内容は、何でもかまわないが、今の自分を表現できなければ、じーんとは来ない。

　それは、歌に限らず、何だってそうだ。日常においてもそうだ。いつだってそうだ。今、輝いているか、今、幸せか、今、楽しいか、今、誰に何を伝えたいのか、それだけだ。どんなに歳をとっても、老いぼれても、死ぬ間際においてもそうだ。過去のことなどどうでもいい。今、楽しいか、今、笑えるか、今、何に感動できるか、それだけである。

僕は自分の昔のアルバムが聴けない。声が気持ち悪い。別に、わざとあんな声を出していたつもりはなかったが、今聴くと変である。実に下手だ。それは今も変わらないが、今の声の方が自分では自然だと思っている。しかし、この間、久しぶりに、新しいアルバムを聴いたら、これもまた、まあ、曲によってだが、声が気持ち悪く感じてきてしまった。出来上がった時は、酔いしれて、うぬぼれて、曲順を決めたりするのに、何度も聴くのに、完成するとパタッと聴かなくなる。自分の歌は、欠点ばかり見えてくる。

ところが、意外なところで、たとえば何かの映像のバックに突然流れているのを聴いたりすると、もちろん、僕の場合、そんなことは滅多にないが、なかなかいいなと思う。自分でいうのも何だが、違う場所から聴こえてくると、悪くないのだ。

最近、ピアノの弾き語りだけではなく、いろいろな人と共演して、やはり、音楽は楽しいのがいいなと思った。今ごろ、こんなことに気づくなんて、まったく遅すぎるけれど、人と一緒にやってつくづく思う。いい音をもらうと、ホント、嬉しくなり、自然と身体が動き、笑えて来るのだ。悲しい歌も、明るく歌える。明るい歌も、悲しく歌える。内にこもるのではなく、外に向けて歌える。前向きになれる。悲しくても元気になれる。そういうふうに歌いたい。

いい音は生きている。呼吸をしている。いい音を出す人は、音を出していない時も音が聴こえてくる。いい音は、ほんの少しメロディーを爪弾くだけで、リズムが聴こえてくる。リズム楽器なのに、メロディが聴こえてくる。そのくらい、上手い人というのは、力を持っている。歌心のある人は、そういうものだ。楽器が別な音に聴こえてくる。心が楽器だからだ。

シンプルな服が、着ている人の着こなしで、いくらでもステキに見えるのと同じように、一見、シンプルな音から、演奏する人の力で、音楽はどこまでも広がって行く。

そういえば、『プレタポルテ』という映画だったろうか、最後のファッション・ショーのシーンは、全裸であった。

晶文社ホームページ　2001. 12

眼鏡の話

事務所の社長から「早川さん、歌は褒められたことがあるのに、顔を褒められたことは一度だってないんですから、絶対、サングラスをかけて下さいね」と、朝方、夢の中で言われ、びっくりしてしまった。たしかに、ライブの本番ではサングラスを勧められるけれど、まさか、そんな、はっきりと、いくら夢の中とはいえ、理由まで口にされるとは。

昔、三十年も前の話だが、歌っていた時、僕はサングラスをかけていて、記憶では学校の授業でもかけていたくらいだから、一時期、日常であった。今は、ステージに上がる時だけである。そりゃあ、かっこいいに越したことはないが、というより、とにかく欠点をカバーしようとしているだけで。でも、最近は、かけてもかけなくても、どちらもたいした違いはないのではないかと思うようになってしまった。どうしてサングラスをかけるのか、自分でもよくわからなくなってしまったのである。

もともと近眼で、当時の小学五年生は、眼鏡をかけているのは、クラスに一人か二人ぐらいだったから、すぐに「メガネザル」と意味のないあだ名をつけられた。今では、〇・〇〇の世界で、数年前から、老眼も入っているから、何がなんだかわからない。

新しく眼鏡を作る時も、もうあきらめて、検査をするのもうっとうしいから、ここ十数年、レンズは前のと同じ度数にしてもらい、フレームだけ変えている。どうせ、よく見えないんだから、という気持ちもあって、強度の近眼の人ならわかってくれると思うが、フレームの形が変わったり、レンズの位置が少しでもずれたりすると、見え方まで違ってきて、なれるまでにそうとう時間がかかり、せっかく作っても、今までのに戻ったりしてしまう。

一度、コンタクトレンズを試したこともあったが、年齢的に遅かったせいか、僕には向かなかった。涙が出てきて、しょっちゅう、雨の中を歩いているようで、やめてしまった。順応できなかったのは、歳のせいだろう。もっと、若い時に、試せば良かった。

だから、新しく眼鏡を作りたくても元気が出ない。度が強いため、もちろん、最も薄いレンズを選ぶのだが、それでも、レンズの外側が牛乳瓶の底のように、渦を巻いてしまうから、なるべく、小さめのフレームを選ぶわけだが、鏡を見ると、レンズを通した、目の横の顔の線が実際より内側に来てしまう。つまり、レンズを通した眼も、当然、ちっこくなっているはずで、いや、そんな言い訳を言っても始まらない。ならば、眼鏡をはずしてみてと言われても困ってしまう。きっと、笑われる。情けない顔をされる。この歳で言うセリフではないが、昔から、人前で、眼鏡をはずすのは苦手だ。

目のいい人は、軽い気持ちで、「ちょっとメガネ貸して」などと簡単に言うけれど、近眼の人にとっては体の一部であり、帽子やネクタイとは違う。眼鏡をはずすと、視界がボヤけ、自分の顔もさぞかし間の抜けた顔になっているのだろうと想像する。目は一重で、なぜか、小さい頃からまぶたは腫れていて、今はもう垂れている。

さて、僕は四十五歳あたりから、再び歌い出したわけだが、その最初のステージは、普通の透明な眼鏡だった。すると、やはり、昔のイメージもあってか、数人にサングラスをかけた方がいいよと言われた。迫力を感じられないらしいのだ。歌とマッチしていないというか、そんな言い方をすると、さも、歌に迫力があるみたいだが、まあ、日常よりは、歌は異常かも知れない。

たとえば、歌の合間に、喋ったりすると、ガクッと来るらしい。声のキーが違うみたいなのだ。たしかに、サングラスをかけていると、何を考えているかわからないような怖いところがあり、普通の眼鏡だと、なーんだと、気安くなってしまうようなところがある。しかし、友達の中には、いや、絶対、ふつうの眼鏡の方が、その方がかっこいいよとまでは言ってくれなかったが、いいよと言ってくれる人もいた。

結局、僕は、今は歌う時だけ、サングラスをかけている。たとえば、取材などで、人と話す時などは普通の眼鏡にしている。目が見えないと、失礼のような気がするからだ。しかし、写真撮影の時に、サングラスに変えるのも、これも、また変なもので、ケースから、サングラスを取り出す時、いったい、自分は、何をしているのだろうと一瞬思う。昔のように、図々しく、きどって、最初から最後までサングラスをかけっぱなしにすれば、なんの問題もないのだが。

まるで、プロレスの覆面レスラーのようなものである。化粧、アクセサリー、ユニホーム、もしくは、かつらみたいなものかも知れない。他の人がサングラスをかけている理由は知らないが、たぶん、強度の近眼とか、目が小さいとか細いとか、僕と似たり寄ったりではないかと勝手に思っている。そうでないと困る。いずれにしろ、みな、それぞれ、目に限らず、何かしら、コンプレックスがあって。

そういえば、社長から、衣装についても注意されたことがあった。これは、夢の話ではない。いつもは、白もしくは紺か黒のワイシャツと濃紺のパンツとジャケットなのだが、たまには違うのも着たくて、その日は、薄いピンクのワイシャツだった。そしたら、終わってから、「今日は、衣装が良くなかった。ピンクは、可愛くなっちゃって。やはり、早川さんはモノトーンでなくちゃ」と言う。なんで、やる前に言わないんだよと思ったけれど、考えてみれば、出演前に言われても困る。

別に社長は、口うるさいわけではなく、僕のことを考えてくれての忠告で、僕も頼りにしている。照明も僕の場合は、いつも、地明かりというのだろうか、色を付けず、ピンスポットだけで、何の仕掛けもない。

実は、夢はまだ続いていて、数年前、レコード会社の契約が切れた時、その話を原稿に書こうとしたのだが、「ちょっと、待って欲しい」と、一時的に首がつながったことがあり、それは、担当者の愛情に近い熱意の表れだったのだが、結局は、一年過ぎて、同じ結果になってしまった。売れないものは返品するという本屋時代の経験があるから、僕は会社に対して全然不満はなく、いいスタッフに恵まれたなという思いだけで、僕の方こそ、恩返しが出来なくて、悔しい思いをしているだけなのだ。

そんな思いが、ずうっとあったせいか、夢を見たのだろう。ところが、その戦力外通告が、夢の中では、スポーツ新聞に載るくらいな事件になっていて、歌舞伎役者の誰それの離婚会見と一緒ではまずいから、発表は、控えさせてくれみたいなことになり、ずいぶんとうぬぼれた話に発展してしまったが、記憶がだんだん薄れてしまい、もう詳しく説明出来ないが、ただ、えらく、リアルだったことだけは覚えている。

晶文社ホームページ　2002. 2

星野監督が好き

まさか、中日から阪神ファンに変わるとは思わなかった。星野仙一が阪神の監督に就任したからだ。なった時点では、これは二チームを応援することになり、えらく忙しくなるぞとか、テレビが二台なきゃ駄目かなと思ったが、日が経つにつれ、だんだん、わかりかけてきた。

田淵が打撃コーチに就任し、日本ハムから片岡が、オリックスからアリアスが移籍し、中日の中村捕手が悔し涙を浮かべながら横浜に移籍したり、参謀役だった島野二軍監督が「『主人を日本一にして胴上げしてやってください』という奥さまとの約束が胸の隅からいつまでも離れなかった」と言って、中日から阪神のヘッドコーチに収まったり、そういった動きの中で、自分は、中日というより、星野ファンだったのだということに、気づいたのである。

もともと、中日を好きになったきっかけは、特に理由はなく、名古屋に縁があったわけでもない。十五年ほど前、本屋をしていた頃、五年間ほど、電車通勤することになり、なんか自分もスポーツ新聞を広げたくなり、ならば、どこかひいきの野球チームを決めた方が楽しいかなと思っただけで、あのドジャーズそっくりのユニフォームのデザインと色合いで選んだだけのことであった。

その年、たまたま、星野仙一が初めて監督に就任した年で、落合がロッテからトレードで入団し、たしか、新人の近藤真市が巨人相手にノーヒットノーランをした年でもあった。それ以来、そっと隠れて、応援していたのである。

一年に一度出版される文庫判の『プロ野球選手名鑑』や『プレイヤーズ名鑑』を寝床に置き、選手の成績とか年俸を眠れない時など眺めながら、別に暗記するわけではないのだが、うとうとするのが習慣になってしまった。子供になってしまったのである。

まわりには、友達がいないせいもあるが、あまり野球好きの人を見かけない。いても、まず、中日ファンはいないだろう。東京及び東京近辺では、ほとんど、巨人ファンである。もしくは、アンチ巨人だ。巨人が勝たなきゃ野球はつぶれてしまうなどとすまして言うような人がいるから、巨人が負けさえすれば楽しいという人が出て来る。

阪神ファンは、時々見かけるが、あとは、せいぜい、ヤクルトか横浜ファンだ。しかし、みな、好きなチーム名を口にする時、ちょっと恥ずかしそうである。最近は、巨人ファンの中にも、申し訳なさそうな顔をした人がいたので、びっくりしてしまった。それはその場に居合わせた数の問題だと思うが。

たまたま、仕事仲間の人の中にドラゴンズファンの人がいた。ちょっと嬉しくなり、話をしようとしたら、どうも、あまり乗ってこない。やはり、人前では、はしゃぎたくないのかも知れない。ひとりで密かに楽しみたいのだ。

いずれにしろ、野球に興味のない人には、野球の話など、ちっとも面白くない。それは、ゴルフにしてもサッカーにしても何でもそうだが、好きでない人にとっては、うるさいだけだ。将棋や碁のように、無言で戦い、たとえ勝っても勝ちを誇らず、頭を下げるぐらいの奥床しさが、スポーツにはないからかも知れない。

かつて、サッカーでゴールした時に、股を手で押さえて、変な踊りをしていた選手がいたが、僕などは、あれを見て、いっぺんで、サッカー嫌いになってしまったわけだが、一方、あの踊りのおかげでサッカーは大人気になったのかも知れないから、まあどうでもいいが、野球も、たとえホームランを打っても、選手は嬉しさをこらえるくらいの、控え目なガッツポーズが僕は好きだ。相手を挑発するような誇り方は、プロレスだけでいい。

野球を好きになる前は、実はプロレスが好きだった。でも、力道山の時代から、悪役の外人を応援していたくらいだから、とにかく、みんなとは違う、弱者とか、反逆者側を応援するくせがついてしまっているので、猪木より前田日明が好きだった。しかし、前田が独立して、団体を作ったあたりから、どういうわけか、だんだん、熱が冷めてしまった。

昔に比べれば、プロレスは、ずいぶん、市民権を得た感じであるが、逆行してしまった。もちろん、当時の僕は、兄や友人から「あれは八百長だから」とうすら笑いを浮かべながらからかわれると、何とか反論できないものかと、真剣に、悔しい思いをしていたものだ。少数意見が多数意見に勝つ方法を知りたかった。

話がそれてしまった。結局、僕は中日が好きだったのではなく、星野監督が好きだったことに気づいたわけだが、どこに惚れたかというと、やはり、あのすごい剣幕で詰め寄る熱い姿だ。選手に対してどのくらい厳しくて怖いのかを、この間、立浪選手が語っていたが、代打を送り出す時、「あの野郎から、この野郎」と告げるらしい。しかし、陰では、選手の奥さんの誕生日に花束を贈るという話もあったり。そういう、とても真似の出来ない、僕とは、ずいぶんかけ離れた部分に憧れる。そして、最終的には、言葉である。一つ一つの言葉が、格言に思える。

「『球界に迷惑をかけている阪神を助けてほしい』。こう阪神のオーナーから頭を下げられて、それを断ることは私にはできなかった」

「それでも阪神の星野に納得できない人は、どんどん野次ってもらいたい。みんな、素晴らしいファンです」

「批評と批判は違うぞ。愛ある批評は受けるよ」

「十二球団どこもフロントは同じようなもの。ただ失敗を表面化させずにきっちり始末できるかどうかだ」

「（選手を）差別はしない。区別はするけれど」

「私は人生を関西にささげます。阪神の再建に野球人生ではなく人生そのものを懸けます」

「涙というものは目いっぱいやらないと出てこない。目いっぱいやって初めて心が揺れ動く。悔し涙もうれし涙も含めてな。阪神の選手は両方の涙を忘れとる。頭では泣けんやろ」

「夢かじりかけ」（朝日新聞夕刊）という記事も良かった。母ひとりに育てられ、バットやグラブがほしくても、働きづめの母を見て、「悲しませてはいけない」と思って黙っていたこと。ガキ大将で、けんかはよくしたけれど、「母子家庭だから」と陰口を言われないよう、弱い者いじめはしなかった。足の不自由な友達を背負って、一年間通学したことなど、素直に偉いなと思う。

中でも、すごいと思ったのは、明大野球部四年の時、島岡吉郎監督から主将に指名されたが、便所掃除が日課だったこと。上に立つ者ほどつらいことをやれというわけで、ある日、手抜きを見とがめたオヤジが便器を磨きだしたのを見て、殴られるより効いたという話だ。

体育会系は、みな先輩後輩の上下関係が厳しく、僕などはそれだけの理由で、避けて通ってきたのだが、そういうことばかりではないようである。

人を動かす力というのは、いったい何だろう。ルールだからとか、先輩だからとか、同郷だからとか、日本人だからとか、何々だからということではない気がする。その行為が、正しいか正しくないか、愛しているか愛していないかだけではないだろうか。

晶文社ホームページ　2002.3

恋に恋して

「なかなか歌が出来なくて」とこぼしたら、音楽仲間から「最近、悪いことしてないからじゃないですか」と言われてしまった。

実際、僕の場合、架空の物語を創作することは出来ないから、悪いことをしなくちゃ、歌は生まれて来ないのである。

「君が好きだ」とか「俺はこう思っているぜ」を、何の恥じらいもなく、ストレートに歌えた時期もあったような気もするが、歳をとると、家庭を持つと、なかなか、むずかしい。たとえば、「君」と歌えば、「君」が誰なのか、すぐばれてしまうし、そんなこと考えてるの、そこまで進んでるのなどと、すべて家族に知られてしまうからだ。

その点、うちの妻は、「早く恋愛しなさいよ」とか「三年ぐらい帰ってこなくていいから」と、言ってくれる。「そうだ、誰々さんと結婚して、私を愛人にしてよ。その方が楽でいいわ」「ペットとして連れてってくれてもいいけど」とわけのわからぬことを言う時もあるが、容認されている。だが、肝心の僕がモテナイ。

〈悲しい性欲〉や〈躁と鬱の間で〉が入っているアルバム《歌は歌のないところから聴こえてくる》から、もう、二年経ってしまった。題名だけはいくつか浮かぶのだけど、メロディーも断片だけなら何十曲とあるのだが、いっこうに形にならない。作曲法という本は書けないけれど、「なぜ、歌が生まれないか」なら書けそうである。

しかし、ここに来て、やっと二曲出来た。二年間で二曲だと、一年で一曲のペースだ！　そのうちの一曲は、〈恋に恋して〉である。

好きなのに好きと言えず　嫌われてる気がして
淡い恋に臆病になり　恋に恋をしてるみたい
逢いたいのに意気地がなく　きっかけも失う
淡い恋に臆病になり　恋に恋をしてるみたい
君の笑顔はどこ　甘えた声を聴きたい

誰よりも色っぽい　身体中が音楽
君のすべて愛しい　ステージを降りても

書き写してみると、どうってことない詞だが、ここにたどり着くまでに、えらく時間がかかってしまった。つくづく才能がないなと思う。しかし、不器用ながらも、時間をかけて、形になるとホッとする。作品になれば、どんな内容だって、ちっとも恥ずかしくない。しかし、作っている最中は、覗かれたり、聴かれたりすると、非常に恥ずかしい。ちょうど、下着を脱いでいる姿を見られてしまったような感じだ。

あれこれ言葉をとっかえひっかえして、そのうち、メロディーが大幅に変わったりして、途中、あきらめたり、何度も投げ出したくなるのだが、何かの拍子に、あれは、たぶん、音楽の神様だと思うのだが、その神様が突如どこからかやって来て、歌詞とメロディーをぴったりハメテくれる。それは、一瞬のことで、それを逃すと、また暗くて長いトンネルの迷路に入り込んでしまう。

歌を聴いて、スタッフも演奏仲間も、もしかすると、聴く人も、ああ、これは、誰のこと歌ってるんだなとわかってしまうかも知れないが、いまだかつて、一度も「これ、誰のこと歌っているんでしょ」みたいなことを言われたことがない。ありがたいことだ。くだらない覗き趣味がないというか、礼儀として、当り前のことなのだろうか。常に、作品としてとらえてくれている。

歌を作るために恋をするわけではないが、歌が出来上がると、かりに、その恋が壊れたとしても、いいような気さえしてくる。もちろん、僕は、歌が出来るより、恋が実った方がいいけれど。正常でない心が歌を生み出し、歌を作ることによって、狂った精神を安定させているようなところがある。〈恋に恋して〉の後半の歌詞はこうだ。

震えてるから歌うんだ　欠けてるから歌う
歌えないから歌うんだね　狂ってるから歌うのさ

映画の一コマのように　悲しみ消えなくなっても

友だちでいることを　きっとあの子も望んでいる
いつまでも片思い　永遠の恋人

好きなのに逢いたいのに　夢の中で逢うだけ

淡い恋に臆病になり　恋に恋をしてるみたい

真面目な人は、真面目な音を出す。変な人は、変な音を出す。かっこつけたい人は、かっこつけてる音を出す。普通でない人は、やはり、普通でない音を出す。と僕は思っている。日常生活や精神のどこかが欠けている人は、そこでしか生きられないから、すごい音を出す。そんな気がする。

わからなければ、喋らない。わからなければ、音を出さない。本当に必要な言葉と必要な音だけで作られた音楽を作りたい。伝えたい人と、伝えたいことがあれば、きっと作れる。

がんに冒された夫を自宅介護している夫婦のドキュメントがあった。夫がお風呂に入りながら、「こんなにやせちゃったよ」と言うと、奥さんが「お父さんは、いつだって、ステキよ」と答えていた。それが音楽だ。歌は才能がなくても歌えるのだ。悪いことをしなくたって、生まれて来るのだ。

晶文社ホームページ　2002. 4

心のおもちゃ

なんだか、小さくなってしまったような気がする。気がするだけではなく、本当に、小さくなってしまった。測って調べたわけではないが、そんな気がする。若い頃は、別に大きいとも小さいとも何とも思っていなかったのに。

それが、だんだん、歳をとってから気になりだした。もしかすると、あまり使用しなくなると、そう感じて来るのか、必要のないものは、衰えて来るのかも知れない。標準より、ちょっと、ほんのちょっとだけ、小さいのではないかと思っている。

いや、大きくなった時の話ではない。普通の時に感じる。要は膨張率であって、と言い聞かせても気になる。大きくなった時は、(そりゃ、なんじゃこりゃと思うくらい大きい方が面白そうだが) それほど気にならない。恥ずかしいとも思わない。もちろん、誰かと比べたわけではないけれど、普段の、何でもない時の大きさが気になる。リラックスしている時はいい。能無しの状態の時は悪くない。この時の形は、どちらかというと、見せたくなるくらい、気に入っている。しかし、緊張している時、みんなの前で、裸になるような時、その時に限って、可哀相なくらい縮こまっている。あれは、自分でコントロールが出来ない。頭でこうありたいと願っても、身体が勝手に変化する。大きさが変わる。幼稚園生から大学生まで、みるみる成長したかと思うと、一瞬に退化する。どういう仕組みになっているのだろう。

その、幼稚園生のような、小学一年生のような状態が、面白くない。せめて、小学六年生というか、出来れば、中学三年生ぐらいであって欲しいなと思う。僕にとって、大切な一生のおもちゃなのだ。

車とか家とか、給料だとか学歴とか、そんなことで、見栄は張らないが、そのことだけは、ちょっと、見栄を張りたくなる。もちろん、手術をしたいほど悩んでるわけではない。たぶん、女の人は、不思議がるだろう。こんな話は、馬鹿げていて、不潔に思うだろう。考えてみれば、あれは、内臓の延長みたいなものだから、尿道や大腸の長さや、鼻の形や、指の太さや長さと同じようなものだから、本来、どうでもいいことなのだが、つい、男らしさの象徴のような気がしてしまうのだ。

そういえば、昔、友だちの中に、もてない話や、ふられた話や、みじめな話や、小さい話を面白おかしくしてくれる大親友がいたが、ああ、なんて正直な人なんだろうと、いつも感心していた。隠さないで生きていく姿そのものが、かっこよくて、面白くて、悲しくて、美しい小説のようであった。

実際、歳とともに、落ちて来た。今さら威張ってもしょうがないが、結婚当初は、一日六回だった。その後、数年たち、どういうわけか、まあ、今、反省すると、僕があまり、相手の気持ちを考えないというか、自分さえ良ければいいというようなところがあったのだろう、そのせいかどうか分からないが、どうも、向こうは、もともと、そういうのが好きではないみたいで、僕がへたくそだったからかも知れないが、だんだん、しなくなってしまった。仕事と何とかは、家に、持ち込まないようになってしまったのである。

今では、もう、まったく、第一、いやらしい気持ちが、お互いに、全然起きないのである。夫婦仲はいいけれど、そういう気持ちをすっかりなくしてしまった。ふざけて、わざと、嫌がるような（これは二人にしか通じないことだけど）、たとえば、変態男のふりをして、「奥さん」と服を着たままふざけて迫ることはあるけれど、それは、演技であって、「感じた？」「うん、気持ち悪く感じた」と、常に笑いで終わる。

よく、歳をとっても、変わらずしている夫婦がいるらしい。それが健全なのだろうが、なんだか、僕には奇妙に映る。まあ、うらやましいけれど、どうすれば、一緒に暮らしている女性に、いやらしい気持ちを抱くことが出来るのだろう。

かなり昔、川崎に遊びに行っていた頃、(今は、まったく、そういう、お金で遊ぶようなことはしていないが) 最初はうまく行かなかった。やはり、少しでも緊張したり、不安があったり、何か相手が嫌だなと思えたりすると、もう駄目で、「オタク、無口ね」と言われても、ああ、何で、俺は、こんなところに来てしまったんだろうと後悔する。

帰路につく途中、唾を吐きたくなるくらい、その嫌な臭いは消えない。もう、行くのはよそうと思うのだが、また、何週間か経つと、行きたくなる。一時期、凝った。ある時、浴室の床がいつの間にか、ドライアイスの煙りで、雲の上で立ってしている感覚を演出された時、感動した。

また、終わってから、従業員がアンケートをとることも、いいなと思った。女の子が真面目にやっているかどうかをチェックするためにだ。お客さんの声を大切にすることは、どんな商売においてもいい。慣れて来ると、いつも楽しめた。しかし、時々、好みでない子に当たると、やはり、具合が悪い。

本当に、あそこは、正直である。心は、あそこにあるのではないだろうか。優しくされると、優しくなり、興奮すれば、興奮し、びくつけば、縮まる。細胞の一つ一つの下に、心が潜んでいるのではないだろうか。

実際、歳とともに、反応や硬度や角度や勢いや濃さや量が落ちてきた気がする。ところが、気持ちは若い頃と何ら変わらない。それは、若い頃には、気づかなかったことだ。ただ、正直、だんだんと、面倒になってきた。面倒だと思わない人が、きっと、もてるのだろう。

今でも、朝目覚めた時、僕は元気だ。しかし、その気持ちがない。気持ちがない時に、もったいないくらい大きくなって、肝心な時に、カチンカチンにならない。心と身体がバラバラだ。そんな不安がある。薬を飲んでも、効果はない。あれは、精神には、効かない。心には届かない。かつてのように、いやらしくそびえたつには、やはり、ステキな恋人が必要なのだ。

本当は、こんな話はしたくなかった。後悔しそうだ。落ち込みそうだ。でも、どうして、こんなみっともない話をわざわざ書いてしまうのだろう。歌もそうだ。汚いことをキレイに歌えたらと思う。そこまで露出する必要はないじゃないかと思うかも知れないが、まだまだ、僕は本当のことは、ちっとも言っていない。

晶文社ホームページ　2002. 5

歌は歌のないところから
聴こえてくる

母によく言われる

母によく言われる。

「あんた、ピアノも歌も習ったこともないのに、よくもまあ、図々しくお金取って見せるよね」

「……」

「そいで、あんたの歌、なに聴いても、トッテン、トッテンでさ。おまけに一人でやってるから、かわいそうになっちゃう」

「……」

「練習の時、テープに録音して聴いてる？　聴くと、あっ、ここんとこ良くないなって自分でもわかるから。そういうのしてないでしょ。やっぱり、小さいうちから歌ってないと。あたしなんか、子供の時から三味線やってたから、ここは上がるんだな、ここは下がるんだなって、何でも一回聴いただけで弾けちゃうもの。あんた、お父さんと同じで、人に教わんの嫌いだから。それじゃ、だめよ。それでいて、いまごろ歌おうっていうんだから、あきれちゃうよ」

「でも、お母さん、〈父さんへの手紙〉なんか、けっこう評判いいんだよ」

「あたしは、森進一の〈おふくろさん〉のほうがいいね」


母は今年九十二歳。僕は苦笑するだけだ。同じように笑っていた妻が、どういう風の吹き回しか、家に帰ってから、突然、意見を言い出した。帰りにちょっとお酒を飲んで来たせいだろうか。ふだん、たとえば「ねえねえ、この曲とこの曲どっちがいい？」なんて訊いても、上の空で「どっちでもいい」としか答えないのに。音楽に興味がないというか、こだわらないというか、わかってないというか、まったく張り合いがないいんだけれど。

「私はお母さんの言うこと、間違ってると思う。歌はうまくなっちゃいけないのよ。うまい人はいくらでもいるんだから。うまい人はへたさをまねできないんだから」


まるで、僕の言うセリフだ。長いこと連れ添っていると、考え方まで似てしまうのだろうか。でも、ちょっとびっくりした。そういう気持ちをうっかり忘れていたかも知れない。昔から技術の否定だなんてことを力説していたのに、こっそりうまく歌おうなんて思っていたかも知れない。うまいほうが伝わるって勘違いしていたかも知れない。いや、うまく歌おうとしていたのではなく、気持ち良く歌えたらなと思っていたのだ。

「でもさ、マイケル・ジャクソンとか、うーん、マライア・キャリーなんか、うまくていいじゃん」

「たしかに上手よ。すごいなって思う。けど、それだけで終わっちゃう。感動はないもの」

「……」

「芸術家がすごいと思う人は、芸術家ではなく素人の人だと思うの」

母さん、そうなんだよ。歌はうまいへたじゃないんだ。うまくたって何にも感じないのがあるし、へただってじーんと来るものがある。胸が痛くなってくるか来ないか、感動するかしないかだけなんだ。でも、理屈言ってもしょうがないね。母さんの歌を作るしかない。もう少し待ってて下さい。

Music Club on Line（mc）　2000. 11. 21

ビートルズが好きなのに

ビートルズが好きなのに、ほとんど曲名を知らない。何が歌われているのか、訳詞を読んだことがない。いや正確にはあるけれど一曲も覚えがない。写真集もインタビュー記事も評伝もいっさい興味がない。リバプールに行きたいと思ったこともなければ、ジョン・レノンの命日も知らない。実はこの間知ってしまったが、また忘れるだろう。オノ・ヨーコが目に入らない。好きなのは、ビートルズの音楽と解散後のジョン・レノンの歌声だけである。

当時、高校生だった。映画も観た。武道館にも聴きに行った。歌う姿を見ただけで、涙があふれそうになった。そのくらい好きだった。女の子のキャーという悲鳴に、歌が聞こえないじゃないかと怒鳴る男をバカじゃないかと思った。音楽は好きだけど、髪型がちょっとなんていう人もいたが、かっこうが嫌なら歌だって嫌いになればいいのにと思った。歌は頭で聴くもんじゃないぜと思った。

『話の特集別冊ザ・ビートルズ・レポート』は、本屋をやっている時に、ビートルズが好きだという男の子にあげてしまった。好きだけどマニアではない。ファンだけど知りたいと思わない。たとえば「ほら、ホワイトアルバムのジョージ・ハリスンの曲があるでしょ。その、次の曲の出だしがいいね」なんていう会話を楽しむくらいである。コード進行も探ってみたことはあるけれど、才能にびっくりするだけで、一曲も弾けないし、もちろん歌えない。ただ、どこからか聴こえて来た時、何かの場面に思いがけなく流れて来た時、ああ、いいなーと心から思うだけである。

ローリング・ストーンズは〈ミス・ユー〉がいい。ボブ・ディランは〈アイ・ウォント・ユー〉と〈コーヒーをもう一杯〉が好きだ。あとは聴かない。あとは知らない。

知らなくてもいい。知ることなど、たいしたことではない。知っていようが、知っていまいが、何の違いもない。知っていることが、僕などは恥ずかしいとさえ感じる。知っているからって、くわしいからって、より感動できるわけでもないし、素晴らしいものが生み出されるわけでもない。

どこで録音して、どういうコンセプトでどうしたこうしたなど知らなくてもいい。そんなことはどうでもいい。そんなのは、芸能人の誰が誰とくっついた離れたと同じようなものだ。インタビュー記事はインタビュアーのもの。評論や評伝は書いた人のものである。

アーティストは作品だけが勝負だ。他のことはいっさい関係ない。存在そのものが音楽でありたい。

アーティストを知ることが音楽なのではない。ビートルズを知るためにビートルズを聴くのではない。自分を知るためにビートルズを聴くのだ。聴こえてくる音楽から自分を映し出すことが音楽なのだ。

Music Club on Line（mc）2000. 12. 19

音嫌い

音を出す人間が音嫌いなので困っている。人間なのに人間嫌い、男なのに男嫌い。しかし、本当は好きなのだ。好きゆえに、嫌なものが目に付き、耳に付く。かりに、それほど好きでなければ、違いなどわからないし、こだわりようがない。嫌いだったらどうでもいい。好きということは、好きな分だけ、嫌いな部分を持つ。

街に出れば、アナウンスやBGMにうんざりし、電車に乗れば、お喋りに逃げ出したくなる。家の中ですら、ファンヒーターやパソコンの冷却ファンの音にイライラし、電源を切ってしまうくらいである。人が気にならない音が気になり、聞こえて来ない音まで聞こえてきてしまう、まさかそんなことはないが、「えっ、パソコンから音、出てますか」なんて言われると、まあ、僕が病気なのかも知れない。

冷蔵庫のモーター音、時計のカチカチ音、駐車中の車のエンジン音、空調機、ウォークマンの音漏れ（最近は改善されたけど）、ステージ上のモニタースピーカーから流れるノイズなど。ないに越したことはない音。工夫すれば、きっとなくなる音。

すべての音が嫌なのではない。川の流れる音、雨、風、波、鳥の鳴き声、犬の遠吠え、やかんの沸騰している音、そういう、自然な音は全然うるさいと思わない。家の前を通り過ぎる子供の声、物売りの声、真夜中、遠くから聞こえてくる暴走族の爆音も僕はそれほど気にならない（いや、もちろん、位置関係や頻度にもよるだろうが）。音が動いているからだ。それなりに、向こうも汗をかいているからだ。


音楽と雑音の違いは、いったい何だろう。

息をしているかどうかだ。その音が、心から発している音かどうかだ。感情がある。血が通っている。そしたら、うるさくない。一緒の空間にいられる。

商店の「いらっしゃいませ」だって、心がこもっていれば、音楽だ。野球場の歓声も、拍手も、カーンという打球音も、つい興奮して叫んでしまうアナウンスも音楽だ。ところが、四球はいけませんねーとか、ここで一発欲しいですねなどと、わかりきったことや、だから駄目なんですよなどと偉そうに解説した瞬間、それは雑音でしかない。

Music Club on Line（mc）　2001. 1. 23

批評家は何を生み出しているのでしょうか

いいも悪いも、結局は、好むか好まないか、好きか嫌いかだけのはずなのに、作品に点数を付けて、批評する人たちがいる。まあ、遊びなのかも知れないけれど、もしも本気なら、いったい、何様なのかなと思う。

作品は、作者そのものだから、作品に点数を付けるということは、人間に点数を付けているのと同じことであって。

音楽は数学ではない。正解不正解があるわけでもない。何が正しくて、何が間違いなのか、決まっているわけでもない。何が新しく、何がかっこよく、何が美しいのかも、人によって全然違うのだ。そもそも、そういう、形に表せない、数値に表せないものを表現しようとしているのだから、それに点数を付けようというのが不思議なくらいである。人の心を計量できるはずがないではないか。

音楽を作品としてではなく、あくまでも、商品とか製品として見なしているから、採点できるのであろう。

だいたい、批評したがる人は、ものを作らない。ものを作っている人は、人を批評しない。人を批評する暇があったら、自分を批評する。なぜなら、自分を見つめた時に、作品は生まれて来るからだ。人を貶したり、悪口を言っている間は、ものを作れていない時である。褒めるのは、創作につながり、悪口は、嫉妬から生まれる。

もしも、文句があるなら、自分が手本を見せればいい。どうすればいいのかを、どういう作品が素晴らしいのかを、自分が作り出せばいい。人の作品に対し、ああでもないこうでもないと言うのは、誰にだって出来る。

ケチをつけることによって、上に立とうとする。知識をひけらかす。人のふんどしで相撲を取る。常に二次的にものを言う。そんなのは、ちっともステキじゃない。

もちろん、作品を紹介したり、説明したりするのは、立派な大切な仕事だろうけれど、考えてみれば、別に、あなたじゃなくてもいいわけで。ならば、評論という仕事は、いったい何なのだろう。僕は思う。評論という形式で、自分を表現するのが評論家なのではないだろうか。人の作品に説明を加えたり、評価を下すのが評論家なのではない。

本当の評論は、人のことより、自分のことを書く。自分がいったい何者なのかを書く。なぜそれに感動したのか。感動はどこからやって来るのか。なぜそれに感動しないのか。自分の心を書く。人の作品を題材にするだろうけれど、書くべきことは、掘り下げるべき相手は、人の心ではなく、自分の心なのだ。言葉は、いつだって自分を語るためにある。文章で音楽を論ずるなら、文章で音楽を作り出して欲しい。批評が一つの独立した作品であって欲しい。たとえ、短い文章でも、音楽を語るなら、その言葉があなたの音楽であって欲しい。

Music Club on Line（mc） 2001. 2. 20

批評家は何を生み出しているのでしょうか

好むか好まぬかなのに　何を偉そうなことを言う
わざわざ悪口を言うのは　嫉妬なのかい
答は一つじゃないのに　音楽に点数をつけちゃって
たましいを採点してるのと　同じことだぜ

勝手な解釈をされても　何ひとつ動じない歌

どんなに月日が流れても　光失わない歌を
自分もわからないのに　人のことわかるわけがない
掘り下げて語るべき相手は　あなた自身さ
後出しジャンケンするな　オカモチのハエにはなるな
愛のある批評でなければ　じーんと来ないぜ

感動はどこからやって来る　幸せはどこにある
本当の評論ならば　あなたの歌が聴こえて来るはず
もう人のことはいいから　自分の心を歌えよ
批評家は何を生み出しているのでしょうか

死ぬ間際、母は病室で歌を歌った

死ぬ間際、母は病室で歌を歌った。もともと、心臓が悪く、心筋梗塞などで入退院を繰り返して来たが、最期は肺炎だった。九十二歳だった。危ないと聞いて、連日病院に通ったが、何をしたらよいか、何を話せばよいのかわからず、ただ、手を握ったり、頭をなでたりしていた。目は閉じ、口には、酸素マスク、息をしている音だけが聞こえる。声をかけても、少し顔を動かすだけで、喋ろうとしても、言葉は聞き取れない。

そんなある日、母が突然「年の初めの、ためしとて……」を歌い出した。一瞬、それまでが演技だったのではないかと思えるくらい、音程も歌詞もしっかりしている。一時的に意識がしっかりするというがそういうのかも知れない。そして、歌い終わると再び寝息をたてて眠ってしまった。僕はいったん帰ろうと思い、また来るねと言って病室を出た。しかし、なんだか気になるのでロビーにいたら、姉がやって来て「あれからまた、お母さん、歌い出してね。私たちも一緒に歌ったのよ。そしたら、男の人たちとは歌ってないねって言ってさ。忠ちゃんも歌ったんだから、よっちゃんも歌ってよ」と言う。

僕は、何かドラマみたいで嫌だなと思った。姉が必要以上に僕に歌わせようとしているようで、不愉快にさえ思った。病室に行くと、他の兄弟たちがお母さんと童謡を歌っている。母も目を閉じてはいるが一緒に歌っている。僕も合わせて口ずさむ。「よっちゃんが来たわよ。今度は、よっちゃんに歌ってもらいましょうね」と姉が母の耳元で言う。本当に母は、僕の歌を聴きたいのだろうか。僕はまだ疑っている。歌がない。この場にぴったりの歌が浮かんで来ない。「いいものはどこにおいてもぴったりする」というのが持論なのだが、つくづく、自分はいい歌を持ってないなと思った。

〈猫のミータン〉を歌った。明るい歌がいいと思ったからだ。しかし、やはり選曲を間違えたみたいで、すぐやめて〈父さんへの手紙〉を歌った。しかし、この歌は、あまり母は気に入ってくれなかったなーと思い出していたら、歌詞を忘れ、うまく歌えなかった。次に〈いい娘だね〉を歌った。十八歳の時に作った曲だ。頭をなでながら、耳元で歌った。歌い終わったら、母の目から、涙がこぼれてきた。姉たちが「お母さん、良かったわね」と言いながら拭いた。姉は「もっと歌ってあげなさいよ」と言う。

ああ、何を歌ったらいいだろう。すると、母が「〈われた鏡の中から〉」と言った。リクエストしたのだ。みんなで笑った。

歌うことによって、呼吸が整い、元気が出て来るみたいなのだ。話すことがなくても、うまく喋れなくても、歌なら歌える。極度のどもりの人だって、歌ならどもらない。それが、歌の力だ。音楽の力だ。

母は、背中を半分起こしてもらい「お別れです」と言った。そして「まあ、そこそこの人生だったよね」と言った。「これでまた、二、三カ月、生きてしまったら、恥ずかしいやね」と言った。またみんなで大笑いした。

翌日、母は死んだ。

Music Club on Line（mc）2001. 3. 20

身体の中に眠っている

「人は、それぞれ音楽を持っている」。女性歌手のKさんが新聞のインタビューで語っていた。「だから、人と会ったり、話をすることによって、次々と音楽が生まれて来るんです」。正確さにちょっと欠けるかもしれないが、たしか、こんなふうであった。

うらやましいなと思った。きっと、そうだろう。音楽は作り出すものではなく、そこにあるものなのだ。作り出すのではない。人の中から聴こえてくるものなのだ。そんな感じだと思う。

たしかに、僕はこれまでに、何曲か歌を作ってはきたが、コンスタントに作るとか、期日までに作るとか、必ず作るということが、出来ない。作り終えた瞬間に、作り方を忘れてしまう。さて、どのように作ったものか、どうして、作ることが出来たのかがわからない。振り出しに戻る。常にまったくの素人に戻ってしまう。

幼い頃から、鼻歌を歌っていれば良かった。楽しいこと、悲しいこと、あらゆる出来事を、心の内を、鼻歌にする。たとえば、歩きながら、ふと浮かんできた言葉に、メロディーをつけ、口ずさむ。それを、子供の頃から、繰り返していれば、歌作りに苦労はしなかったかも知れない。

昔、どうしたら曲が出来るのですかという質問に、「音楽をいっさい聴かなければ生まれてきます」と、すまーして、答えたことがあった。実は、それを質問した人が、なんと実践して、曲が生まれたと話していたから、あながち嘘ではない。いい音楽を聴いたからとて、いい音楽が作れるとは限らない。ならば、いっさい、聴かないというのも、ひとつの方法だ。本当に、自分が欲している音が、心の奥底から、聴こえてくるかも知れない。音楽は、すでに、身体の中に、心の中に眠っているのだ。

言葉とメロディーは、同時に生まれて来るのが理想だと思うのだが、僕の場合、いつ生まれるかがわからないので、偶然のような気がする。何か自分の力ではないような、誰かが力を貸してくれたような気がする。才能とか、実力とか、そういうのとは、何か違う。歌の方から、生まれてくるのだ。生命の誕生と似ている。

作詞作曲の本は、あまり読んだことがないが、文章の書き方は、つい手にしてしまう。もちろん、読んだからとて、さっぱりうまくならないが。たとえば、よい文章とは、「①自分にしか書けないことを　②だれにもわかるように書く」（梅田卓夫著『文章表現四〇〇字からのレッスン』）なんて、いいなーと思う。その逆は、駄文なのだ。文章作法は、歌作りにも通じるし、いかに生きていくかにも通じる。

小林秀雄と三木清の対談の中で、三木清は「これ一つだけ書いておけば死んでもいいという気持ちで書かなければ駄目だね」と、言っていたが、僕もそれを目指したい。結果はどうであれ、そうでなきゃ、わざわざ、歌を生み出す必要はない。

Music Club on Line（mc）2001. 4. 24

肩書

肩書を問われて、「歌手」と答えてしまったが、ずうっと落ち着かなかった。歌手として一人前ではないからだが、「シンガーソングライター」というのも、なんか気に入らないし、「ミュージシャン」は似合わないし、「作曲家」と呼べるほど曲を作ってないし、「音楽家」というには貫禄がない。「アーティスト」なんてかっこいいが、それは図々しいというものだ。

本当は「元書店主、現在歌手志望」あたりが正しいのだろうけれど、それも潔くないので、普通というか、簡単というか、一番字数の少ない「歌手」にしてしまった。しかし、やはり、(歌手)という表記を見るたびに、えっ、ほんと、歌手？　と疑われているような恥ずかしさが拭いきれず、「猫好き」とか「恋人募集中」とか「趣味花いじり」とかにすれば良かったと毎回思った。

職業欄を書く時も困る。本屋をやっていた時は「書店経営」で良かったが、今の主な収入は、わずかばかりだが、不動産賃貸業なので、ならば、そう記入すれば済むのだが、そんな顔をしていないというか、その仕事において、それほど汗水を流していないためか、これもまた、ある種の恥ずかしさがあり、つい、自由業のような、無職のようなつもりになって、空欄にしてしまう。

自分の名前など誰も知らないのに、たとえば、病院などで、フルネームで呼ばれた時、一瞬、知っている人がいたら、ちょっと恥ずかしいなどと思ったりする。思うだけで、もちろん一度も声をかけられたことはない。歌い終わって、楽屋から外に出る時も、もし、ファンの人が待ち伏せしていたら、どうしようなどと思った時もあるが、それも思うだけで、一度たりとも困ったことがない。うぬぼれている。自意識過剰である。見栄っ張りである。おまけに、嫉妬深い。さらに、医者の診断結果は抑鬱症だった。

神様は、自分のことを「私は神様です」とは、たぶんおっしゃらない。肩書は、自分で付けるものではない。歌手も詩人も音楽家も、作家も芸術家も評論家も、哲学者も思想家も、ペテン師も偽善者も美人も、本来、自分から名乗るものではない。人に言われて、はじめて、そのものになれる。人に認められて、はじめて、そのものになれる。

本当のお金持ちは「僕は金持ちです」とは、きっと言わない。本当に頭のいい人は

「俺は頭がいいから」とは、まさか言わない。本当に仕事の出来る人は「その仕事は俺がやった」などと自慢しない。人に認められていれば、自ら名乗ったり訴える必要はない。

真実は、言葉だけでは伝わらない。「愛している」と言われたから、「愛されている」と感じるのではない。「悲しい」と言えば、「悲しみ」が伝わるのではない。

強い犬は吠えない。かっこいい人はかっこつけない。狂人が自分を狂人だとは思っていないように、おそらく、本当のロック歌手は、自分をロックシンガーだと少しも思っていない。

Music Club on Line（mc） 2001. 5. 22

脳は語るけれど

ふと、思い出すことは、いつも断片的なことだ。映画のワンシーンのように、そこだけ、スローモーションであったり、静止画になっている。たどっていくと、その前後も思い出すのだが、どういうわけだか、その場面だけ印象に残っている。その時の相手の顔の表情や、口にした言葉。カメラは僕の眼ではなく、後ろからも横からも撮られていて、僕の姿まで映っている。

どうして、そこだけ記憶が鮮明なのだろう。あまりに強烈だったせいもあるだろうが、どうってことないような、たいして意味がないような、つまらないものもある。いずれにしろ、僕が覚えているシーンは、嫌な場面と、大笑いした場面と、ものすごくいやらしい場面だ。つまり、思い出したくないことと、楽しかったことと、なつかしいことだけだ。あとは、ほとんど、忘れている。

仮に、恋愛中だったとして、ロマンチックな場面は忘れている。変なことしか覚えていない。あんな場所で、あんなかっこうしちゃってとか、でも、気持ち良かったなーとか。そういうことだけだ。何の話をしただとか、どういう景色だったとか、そういう、星や花や甘い言葉は、あまり記憶にない。相手に失礼というか、夢をこわすようだが、どうでもいい。付録だ。ところが、女々しいせいか、スケべだけに限らず、悲しみだけはずうっと残っている。困ったものだ。

たとえば、歌を作る時、僕の場合、作り話は出来ないから、実際にあったこと、経験したことしか書けない。だから、非常に恥ずかしい。それも、恋愛中は、歌など作る必要はないから、日常が歌っているようなものだから、すべてが終わったあとだ。だから、暗い。過去形になる。

でも、歌はやはり、ロマンチックな方がいい。夢がある。想像できる。人に聴かせられる。見せられる。しかし、どうも僕は、そこのところが欠けている。暗い部分を歌いたくなる。歌いたくない部分を歌いたくなる。自分の中の、せこい部分や、せこかった部分、いやらしい部分、いやらしかった部分を、なんとか、歌いたくなる。歌っても、形にしても、その部分が消えてなくなるわけではないのだが。

いかに、自分の醜さやいやらしさをあらわすか。それも、出来れば、キレイに。キレイにということは、オブラートで包んでという意味ではない。いかに、もっと、正直にという意味だ。そう思っているだけで、志しているだけで、実際に僕の歌がそうだという話ではないのだが。

人の真似をせず、人に真似もされぬ、そんな歌を作りたい。それが個性だ。最近思っていること。わからないというのが答なのではないか。喋らない方が利口なのではないか。脳は語るけれど、心や魂は、いつだって黙っている。

Music Club on Line（mc）2001. 6. 26

たった一つ

もともと〈結婚行進曲〉より〈葬送行進曲〉の方が好きなところがあって、高校生の頃、〈引き潮〉を口ずさんで、感傷的になっていた時期があった。その前は、音楽の授業で〈雪の降る街を〉とか〈水色のハンカチ〉をいいなと思った記憶がある。あとは、ラジオから流れて来た〈悲しき街角〉とか。その後は、ビートルズだけである。そして、音楽をまったく聴かなかった時期が十数年あり、再び、聴くようになったのは、本屋のBGMとしてで、静かなクラシックやジャズや色っぽい歌声だった。ニーナ・シモン、グレン・グールド、サティ、キース・ジャレット、ビル・エヴァンス、ザ・ビートルズ、ボブ・ディラン、ピンク・フロイド、ダイアー・ストレイツ、ペギー・リー、セルジュ・ゲンスブール、ジェーン・バーキン、ヴァネッサ・パラディ、エンニオ・モリコーネ、ジプシー・キングス、宗教音楽などなど。しかし、全曲好きなわけではなく、そのCDの何曲目と何曲目だけというように、しょっちゅう、レジのそばで盤を変えていた。

本も音楽も、たくさん聴いたり見たり読んだりしているわけではないが、性格なのだろうか、どちらかというと、気に入らないものの方が断然多い。しかし、時々、いいなーと思うものに出会えると、じーんと来て、なんか安らぐというか、悲しいんだけど、とてもいい気持ちになれる。出会いが増えれば、もっと気持ちよくなれるかも知れない。

たとえば、ドラマなどの演技ではなく、ドキュメントや、もしくは、バラエティーにおいて、素人のほんの一言に、じーんと来ることがよくある。離れて暮らしていた親と子がやっとめぐり会えて抱き合うシーンなど、出てくる言葉は、「ごめんね」の一言ぐらいなのだが、もしかして、これが音楽なのではないかと思ったりする。そこにあるのは、まさに、心だけだからだ。どうして、これを超える音楽を僕は作れないのだろう。

また、田舎にいるお父さんとお母さんが、東京に行っている息子か娘にあてたビデオレターの中で、お父さんが言ったセリフが良かった。「〇〇、生まれて来てくれてありがとう」だって。

恋人を見つける番組で、さえない男が「自分は、しゃれている女の子とは、うまく付き合えないので、顔にインパクトのある女性を求めてます」と言って、その次の週に応募して来た一人の女性と出会えた時、その恥ずかしそうな嬉しそうなくずれた顔がステキで、女の子も素直で、もう、泣けてくるほどであった。

音楽とは、何かと問われれば、僕は感動と答える。つまり、音楽の形をしているものが音楽なのではなくて、たとえ、音楽の形をしていなくとも、感動さえあれば、それが音楽なのだと、僕は勝手に思っている。

感動は一種類である。音楽も一種類である。いい人も一種類だ。言いたいことは、たった一つだ。美しいものも一つ。素晴らしいものは、あらゆるジャンルを超え、その一つにつながっている。

Music Club on Line (mc)　2001. 7. 24

友だちがいない

笑わせるつもりもあって、「俺、友だちいないから」って何度か口にしていたら、本当に友だちがいなくなってしまった。

高校時代のC君とは、ずいぶん長いこと、親しく付き合っていたのだが、ほんのちょっとした、つまらないことで、ぷっつり付き合いが途絶えてしまった。僕がふざけ過ぎたのかも知れないが、それで怒るくらいならいいよという具合になってしまった。

数年後、安岡章太郎の『悪い仲間』を読んで、無性に会いたくなり、再会してみたが、温度差みたいなものを感じ、もう、二度と同じ笑顔を見ることは出来なかった。

大学で知り合ったI氏とは、今も、電話か手紙のやりとりはあるが、一年に一度くらいになってしまった。仕事が非常に忙しいらしい。僕が本屋の時は、彼の方が毎日曜日だったのに、すっかり逆になってしまった。昔から、かっこつける人ではなく、たとえば、仲間がジャズに凝ったり、何かにこだわっていたり、通ぶっていたりすると、そのいやらしさを見抜き、冷やかす人であった。それでいて、つい自分も何かにこだわってしまうのだが、力説しないところがいい。

本屋仲間だったPさんは、もとから、付き合いの良い方ではなかったが、僕が本屋をやめて、縁が切れたら、それっきりになってしまった。仕事と家庭と好きな読書以外に、時間を取られたくないのかも知れない。手紙の返事もくれないし、僕も訪ねて行かない。

週二回、仕入先の神保町で、よく一緒にご飯を食べた。今一番欲しいものは何かという問いに、当時Pさんは、支払いが苦しかったせいかお金と答え、女の子を好きになる基準は何かという問いには、（そんなことばかり喋ってたんだけど）声と答えた。普通は、顔とか性格だろうけれど、言われてみると、声はかなり重要だ。

音楽仲間のGちゃんとは、会えば喋るのだが、二人とも女好きだから、とくに、二人で会おうという気には、男同士だからなれない。想像だが、Gちゃんはいろんな女の子とつきあっていて、楽しそうだ。彼女を送って行き、ドアを閉められそうになったら、片足をはさんで、「お願い」と言うらしい。たばこの煙が駄目と言ってたから、

「じゃあ、たばこ吸っている女の子とは、キスできないよね」と訊いたら、「それが、なかなか、いいんだよ」と言っていた。僕も試してみたい。

そんなわけで、いないのだ。女の子とは、友情が生まれにくいし。何もないか、恋愛感情を持ってしまうか、どっちかになってしまう。もてない証拠である。

昔は一日が長かった。最近はひどく短い。一日がすぐたってしまう。夜十時には眠くなり、朝六時には起きているのだが、犬の散歩、写真のプリントアウト、原稿、練習、プール、本屋、それで、もう夕方になってしまう。スカパーで野球、あるいは、映画を観る。『大いなる遺産』良かったなー。娘にメール。寂しい。

優しき友よ、懐かしき恋人よ、お元気ですか。

Music Club on Line（mc）　2001. 8. 21

恥ずかしい夢

久しぶりに、バンドでやった。先に、ピアノ一本で歌った音を渡し、聴いてもらった。CDになっているバンドの音を聴いてしまうと、どうしても、コピーっぽくなってしまうだろうし、それ以上のものが、生まれて来ないと思ったからだ。

練習の一日目、〈サルビアの花〉をやったら、うまくいったので、安心した。しかし、だんだん、不安になってきた。僕の曲は、マイナーが多いから、一歩間違えると、歌謡曲っぽくなってしまうのだ。そこを何とか、ロックにしてもらいたいのである。もし僕がギターを弾けたら、こんな音を出したいのだけどという音を出してもらいたい。歌では表現できない、声では表現できない、激しくて、病的な音だ。ど、どもっている音だ。それでいて、キレイな音だ。

気持ちよく歌えるかどうかは、一番、ドラムにかかっている。歌い手と、同じリズム感、同じ呼吸でないと駄目だ。一緒に歌ってくれないと駄目である。僕の曲は、八分の六が多いので、もしかしたら、叩きづらいのかも知れない。四拍子でも、元気はつらつというより、忍び寄って来るような、いやらしい感じがほしい。つまり、音を出していない時に、音が聴こえてくるようなドラムを叩いて欲しいのだ。

練習の二日目に、参考にしてもらいたくて、四、五曲、かつてのバンドでやった音を聴いてもらった。聴いてびっくりした。わかっていたことだけど、歌があまりに下手だったからだ。音程が悪い。苦しそうに歌っている。これじゃあ、売れるわけがないなと思った。音にこだわるわりには、自分の声が、なってないのである。

本番、全体的には気持ちよく歌えた。アンケートも好評だった。しかし、僕としては、もっと良くなるのではないかと思った。ないものねだりの、うぬぼれの、ただの欲張りなのだろう。すべては、自分の力不足が原因なのに。

一月後、一人でやった。駄目だった。間違えないように、間違えないようにと、そればかり意識が働いて、自分のリズムを作り出せなかった。もはや、誰に向かって歌っているのかがわからない。監視されているみたいだった。歌わされているようだった。落ち着いて歌えた曲もあったけれど、焦っていた。品のない言い方をすると、さえないオナニーをしているみたいだった。気持ちよくなかった。落ち込んだ。

翌朝、夢を見た。真っ暗闇の雪道を、運転出来ないのに、猛スピードで車を運転している。帰れるはずと思っていた道を、どんどん走っても、海岸や森や曲がりくねった道路、行けども行けども、目的地に着かない。昔、よく見た夢だ。それと同じような夢がある。セリフが全然頭に入っていないのに、舞台に立ってしまう夢だ。劇はすでに始まっていて、仲間は芝居をしている。下だけパジャマ姿のまま、外出してしまう夢もある。往来で気づき、とても、恥ずかしい思いをする。僕のステージは、いつも、夢のようだ。

Music Club on Line (mc)　2001. 9. 25

ラブレターのような書評

朝日新聞の読書欄に、二年間、書評コラムを書いたことがある。「新刊私の◎○」というコーナーで、五週に一度、新刊書の中から、面白かった本を三冊取り上げ、十二字×二十八行でコメントを書く。◎○印は、とても良かった、少し良かったという意味で、結局は、点数のようなものだから、それは失礼というか、おこがましいので、僕は毎回、すべて◎を付けられるような本を選ぶよう心がけた。

思想的に取り上げてはいけない本というような規制はなかったが、書評委員の本は対象外にするとか、他の人と本がだぶらないようにするなど、結構、約束ごとがあった。新刊といっても、奥付の発行日から二カ月以内と限られていたし、〆切は、おまけしてもらって、掲載日の六日前だったので、面白い本を見つけるのに、随分範囲が狭く感じられた。

もともと、本は好きなのだが、背表紙ばかり読んでいたので、読書量は少なく、好きな分野とか得意な分野があるわけでもないから、毎回、焦った。それでも、〆切日ぎりぎりになると、嬉しいことに、面白い本に出あえた。ところが、いい本を読んだからとて、いい文章が書けるとは限らず、今度は、どのように書くか、また苦しんだ。もう今回は、担当者に謝っちゃおうかなと追いつめられたことも数回あったが、その苦しさを乗り越えて、なんとか形にした時、大袈裟かもしれないが、文章を書く喜びがあった。いい本は、やはり、書かせる力を持っているのだ。

たった三三六字の短い文章なのに、何度も書き直した。力を入れ過ぎると嘘っぽくなるし、説明や解説だけなら僕が書く必要はない。かといって、説明がないと、なんのことやらわからない。いずれにしろ、いい体験をさせてもらった。毎回苦しんでも、何とか穴を空けずに書けたのは、やはり、〆切があったからだと思う。

そう、歌も、〆切があれば作れるかもしれない。いまだかつて、僕は人に頼まれて歌を作ったことはなく、たいそうな言い方だが、余程の心の動きがないと、歌は生まれて来ないのだ。ためしに、自分で〆切を作ってみても、やはり、本当ではないから、何の効果もない。別に作れなくても、誰に迷惑がかかるわけでもなし。作れなければ、作れないのが正しいのだなんて、理屈をつけて。

いい書評を読むと、無性にその本を読んでみたくなる。もしくは、もう読んだ気になってしまう。いい書評は、ラブレターのようだ。書評がぶらさがった寄生虫ではなく、一つの独立した作品になっている。

書評に限ったことではないが、面白くないのは、自分が何者なのかを語らず、自分の心を見せず、ただ、上からものを言う文章だ。

感動がなきゃ、作品は生まれず。愛がなきゃ、評論は生まれて来ない。

Music Club on Line（mc）2001. 10. 23

僕はお客さんに感動する

歌を作る時、詞が先か、曲が先かを尋ねられる。僕の場合「詞の方が先でしょ」と言われることが多いが、実は曲の方が先である。メロディーに言葉を乗せていく中で、曲調が変わったり、サビが生まれたりして、同時であると言えなくもないが、すでに曲が出来ている場合が多い。もしも先に詞がいくつも出来ていれば、きっと僕はもっと多作だろう。

昔から、日記をつける習慣もなければ、思いついたことを常にノートに書きとめておく習慣がない。詩というものを書いたことがない。言いたいこととか、伝えたいことは、いつも何かしらあるのだが、形になっていない。いざ、形にしようとすると、つい、理屈っぽい説明文になってしまう。そのままでは、とても歌のメロディーに乗せられない。

そのかわり、曲はふと浮かんだ時に、ほんの一部分だが、いわゆる未完成のものが、何曲もMDに記録してある。まあ、似たり寄ったりで、陽の目を見るのは少ないが、かと言って捨てきれず、また、しばらくして聴いてみたり、何かの拍子に気に入り、繰り返し弾いたり、口ずさんだりしているうちに、歌として完成する場合がある。

問題は、メロディーに言葉がぴたっとはまるかどうかだ。これがなかなかうまくいかない。仮に、どんなにいいメロディーがあったにせよ、どんなにステキな言葉があったにせよ、ぴたっと合わなければ歌にならない。そのコツが、いまだに僕はよくわからない。あれは、才能なのだろうか。技術なのだろうか。いや、そうではなく、何か別の力のような気がする。どこから舞い降りてくるのか知らないが、自分の能力ではないような気がする。

才能のある人は、たぶん、いつでも作り出すことは出来るかも知れない。けれど、普通の人は、作り出すことが出来ない。ただし、生み出すことは出来るかも知れない。どうしても、伝えたいことが溢れ出て来れば、それは、自然に吐き出される。たとえ、音楽という形をとっていなくとも、誰だって一生に一度くらいは、人を感動させることは出来る。

〈H〉という歌をライブで歌い終わった瞬間、「ヨシオ！」と掛け声がかかる時がある。僕はそれが好きだ。「ありがとう！」とこちらも返したくなる。毎回、同じ声質のようだから、たぶん、同じ人なのだと思うが、その声がかからない時は、ちょっと寂しい。その人が来てないのか、それとも、歌ののりが悪かったのか、どちらかだろう。

僕は歌の合間に、ほとんど喋らず、どちらかというと拍手をさえぎるくらいのペースで続けて歌う方なのだが、実を言うと、お客さんの反応がとても気になっている。アンケートを読むのも好きだ。「〈猫のミータン〉ってホントに猫のことなんですか?」には思わず笑ってしまった。お客さんに僕は感動する。唯一、アンケートで言葉を交わしている。くれぐれも、独りよがりにならぬために。

Music Club on Line (mc) 2001. 11. 27

もしかすると変である

〈身体と歌だけの関係〉という歌を初めて耳にした時、いいなと思った。もりばやしみほの才能というか、感性は、すごいなと思った。また、リクオさんのゲストで出演していたHONZIのヴァイオリンを初めて聴いた時も、ああ、何ていいのだろうと思った。

すごいとかいいなというのは、うまいとかへたとか、音楽的にどうのこうのとか、売れるとか売れないとか、もう、そういうのを完全に超えている。その歌声や旋律や音の響きや揺れる姿が、ただ、ただ、悲しいのだ。

素晴らしい人、優れている人、かっこいい人、可愛い人などは、もちろん、もっと、他にもいるかも知れない。なにしろ、僕は、あまり他の人の音楽を聴いていないし、「男嫌い女大好き」というのもあるから、そういった意味でも、たまたま出会った二人の名をあげるのは、偏っているというか、正確さに欠けるかも知れないが、僕の勘では、歌を聴いて、音を聴いて、胸が痛くなるくらいの、泣けてくるような音楽は、そうめったにないのではないかと思っている。極端な言い方をすると、悲しくなきゃ、音楽じゃないとまで、僕は思っている。

昔、〈幸せなら手をたたこう〉という歌があったが、その作詞者の永六輔は、結構好きで、何の恨みもないけれど、その時、幸せなら歌うことないじゃないかと思った。このひねくれた性格は、いまだに治っていない。別に楽しい時に歌を歌ってもいいはずだし、喜びの歌があってもいいのだが。

歌は、悲しいから歌うのだと思っている。寂しいから、歌うのだ。人とは、違うから歌うのだ。何かが、欠けているから歌うのだ。もしも、楽しいのなら、もしも、幸せなら、満足しているなら、精神が健康ならば、なにも、わざわざ歌を作って人前で歌うことはない。すでにもう、日常で音楽が鳴り響いているのだから。それは、お腹いっぱいなのに、まだご飯を詰め込むのと似ている。

ゆえに、歌うことが偉いわけでも、ましてや、かっこいいわけでもない。歌わざるを得ないのである。たとえば、あの人から、ボクシングを奪ってしまったら、ただの不良少年になってしまうように、音楽を奪ってしまったら、犯罪者になってしまうように、小説を奪ってしまったら、狂ってしまうように、そんなところから、音楽とかボクシングとか小説は、出発しているのではないだろうか。

音楽を手段としてではなく、音楽を目的にしている人だけが、悲しみを表現できる。悲しみは作り出せない。悲しみは張り付いてしまったものだ。染み付いてしまったものだ。隠すことも、ごまかすことも出来ない。にじみ出てしまうのである。もしかすると、変である。奇妙である。異常である。病気である。しかし、悲しみは、悲しいだけではない。美しい。色っぽい。人を慰め、そして、元気づける。「五体満足なら、踊る必要はありません」は、『土方巽の方へ』（河出書房新社）を書いた種村季弘の言葉だ。

Music Club on Line（mc） 2001. 12. 25

動機は不純でいいんです

「動機は不純でいいんです」という言葉を耳にしたのは、昔、URCレコードの社員だった時で、桜川ぴん助の《ぴん助風流江戸づくし（日本禁歌集1）》というレコードを制作している最中だった。監修の竹中労と社長の秦政明が録音スタジオの椅子にもたれながら、政治の話だったか何の話だったか、話の前後はまったく記憶にないのだが、竹中労が口にしたそのセリフだけは、なぜか、今も鮮明に残っている。

誰かが言った言葉とか、本に書かれている言葉に感銘を受けるのは、もちろん、その言葉は、その人が発した言葉なのだが、実は、自分も心の底の方で、すでにそう思っていたわけで、ただ、形や言葉に表せなかっただけの話で、だからこそ、感動を受けるのかも知れない。たとえば、大杉栄の「美は乱調にあり」とか、シュールレアリズムの本の帯に書かれてあった、「美は痙攣的なものである」という言葉なんかも、僕の中では、同じように、自分勝手な解釈だろうけれど、今もじーんと広がっている言葉だ。

たしかに、バンドを始めたきっかけ、歌を作るようになったきっかけは、不純だった。女の子にもてたいとか、キャーと言われたいとか、あの子を口説きたいとか、目立ちたいとか、そんなものである。男は、きっと、そんなものである。中学三年の終わり、ウクレレあたりから始めればいいものを、目立ちたいがために、僕はスチールギターを買ってしまった。教則本を見て〈鈴懸の道〉を練習してみたが、キーキーキーキーいうだけで、とても手に負えず、やめてしまった。スチールギターは当時、マヒナスターズとか、ダニー飯田とパラダイス・キングとか、スパイダースとか、バンドの主役だったのである。

そして、ベンチャーズ、ビートルズ、フォークソングのブームがあり、再び、今度は普通のギターに挑戦したわけだが、これも、みんなと同じように向こうの曲のコピーが出来ない。まわりには、びっくりするくらい、コピーの上手な人がいた。ものごとはなんでも、最初はコピーから始まるわけで、そういう人がきっと、その道で成功するわけだが、僕は歌も演奏も練習も、だいいち人に教わること自体が嫌いだったから、うまくなれるはずがなく、ならばということで、技術が伴わないのに、曲を作り出したのが始まりだった。

事の始まりは不純であっても、ナンパから結婚したり、憎しみが愛に変わったりするわけで、だんだんと、音楽的に極めたいとか、独創的でありたいとか、自分を表現したいとか、真実を語りたいとかになっていく。しかし、いまだに、有名になりたいとか、テレビに出演したいとか、何万枚売りたいなどと思っているようでは、まだまだ、不純である。僕などは、もうあきらめたせいもあるが、そういった感じはずいぶんなくなってしまい、ただ、いい歌を作りたいと思っているだけだ。もちろん、簡単に作れはしないけれど。

しかし、曲を作る段階で、また不純になる。このことを歌ってやろうとか、このセリフがかっこいいのではないかとか、あっと言わせたいとか、つい、そういった野心や作為が頭にちらつく。それを超えなくてはいけない。まだまだである。

Music Club on Line（mc） 2002. 1. 29

音楽

歌がうまいとか、演奏がうまいとか、踊りがうまいとかいうのは、本当は、良くないことなのではないだろうか。それは、歌がへた、演奏がへた、何々がへたというのと同じくらい、いや、もしかしたら、それ以上に、つまらないことなのではないだろうか。

もちろん、うまくたってかまわない。うまいに越したことはない。けれど、うまさを感じさせてしまっては、それだけに目がいってしまうようでは、失敗である。音楽は、うまさやへたさを伝えたいわけではないからだ。

肝心なのは、何を歌おうとしているか、何を伝えようとしているかだ。その歌い手の、愛とか、願いとか、祈りのようなものが、感じられるかどうかだ。

音楽だけではない。ラブレターにしても、一生に一度か二度のプロポーズの言葉だってそうだろう。日常の何でもない、ちょっとした会話においても同じことだ。うまかす。

く言えなくても、かりに、どもっちゃったって、つまり、一向に、うまく歌えなくたって、そこに心があるか、心がこもっているかどうか、それだけが、人の心を動かす。

いい演技は、演技しているというのを感じさせない。

音楽も、いかにも歌っています、いかにも音を出していますというのは、ちっとも面白くない。いったい、この音は、どこから、聴こえてくるのだろう、誰が音を出しているのだろう、といったくらいのがいい。もちろん、音響技術の話ではない。

ギターがギターの音を出したって、ピアノがピアノの音を出したって、ベースがベースの音を出したって、そんなことは、当り前のことだ。何か別な音に聴こえてくる。楽器が楽器を超える。奏でていないメロディーが聴こえてくる。歌声が歌声を超える。言葉が言葉を超える。音を出しながら、たとえば、そこに、風景が広がる。

昔、個性が大切だと思って、人となるべく違うことをしようと思った。けれど、二十歳を過ぎたあたりから、普通であることが一番ステキなのではないかと思うようになった。個性的でありたいと思った瞬間から、もう、個性的ではなくなってしまう気がした。普通でありたいと思った瞬間から、すでに、普通ではないのだろう。

「自分の意見」を持って、発言することが正しいと思った。これも、怪しいものだ。

「自分の意見」を言うよりも、「人の意見」を聞くことの方が、何も語らぬ方が、ずっと、むずかしい。

「精神的なもの言いが精神を掩い隠す」という言葉は、白洲正子の『いまなぜ青山二郎なのか』（新潮社）に出て来る言葉だ。それを、河合隼雄が白洲正子との対談集『縁は異なもの』（河出書房新社）の中で何度も引き合いに出している。僕も読みながら、つくづくそうだなと思い、そうだ、「音楽的なものが音楽を隠してしまう」んだと、ひらめいたら、すぐそのあとに、同じ言葉が出てきたので、びっくりしてしまった。

音楽は、音楽的なものとは、一番程遠いものなのである。

Music Club on Line（mc）2002. 3. 26

音楽

声を出さなくとも　歌は歌える
音のないところに　音は降りてくる
ぽっかり浮かんだ丸い月　あなたの笑顔
存在そのものが　音楽を奏でる

歌を歌うのが　歌だとは限らない
感動する心が　音楽なんだ
勇気をもらう一言　汚れを落とす涙
日常で歌うことが　何よりもステキ

言葉は自分の心を　映し出すもの
何を語っても叫んでも　鏡に映るだけ
本当に素晴らしいものは　解説を拒絶する
音楽がめざしているのは　音楽ではない

僕は何をするために　生まれて来たのだろう
何度も落ち込みながらも　僕は僕になってゆく
夜空に放つ大きな花　身体に響く音楽
何の野心もなく　終わりに向かって歩く

僕は僕を知りたくて本を読む

なる。

＊

『ユリイカ臨時増刊　総特集白洲正子』(青土社)

小林秀雄、坂口安吾、河上徹太郎、大岡昇平らに愛されたむうちゃん、坂本睦子のことを書いた「銀座に生き銀座に死す」を読む。「寝床の中で、両足をしばり、湯たんぽを入れて、死んでいた」「血を血で洗う争いだった」。関係のない僕まで胸が痛くなる。

『奇抜の人　埴谷雄高のことを27人はこう語った』木村俊介(平凡社)

「芸術家というのは出しきって死ぬんです」(瀬戸内寂聴)、「小説を書くのは罪を犯すようなもの」(黒井千次)、「エロスがないというこの一点はかなり大きな欠点」(吉本隆明)。『死霊』を読まずとも面白いのはこの本に力があるから。

『死と生きる　獄中哲学対話』池田晶子・陸田真志(新潮社)

池田晶子の言葉は愛そのもの。宇宙にまで響く。私とは何か、生きるとは何か。僕にもわかる時が来るだろうか。前著『考える日々』も凄かった。「『自分の』意見を聞かせたいと思うのなら、『自分の』意見を述べるのをやめることだ」

＊

『東京ノスタルジー』荒木経惟(平凡社)

かつて『愛情旅行』の中で「しかしながら、このヨーコが浴衣で寝っころがってる写真はすごくイイ写真だ。愛しあってるふたりが写っている」という言葉に写真が少しわかった気がした。「妻が逝って、空ばかり写していた」という空も空ではない。人は人を語ることも写すことも出来ない。人を裸にしたいのなら自分が裸にならなくちゃ。『センチメンタルな旅・冬の旅』は文学。本書は映画のよう。いやらしいのにいやらしくないのはわざとらしさがないからである。

『ロメオ塾』中川五郎（リトル・モア）

五郎ちゃんと僕は三十年前『フォーク・リポート』を編集。その号が猥褻文書頒布販売容疑で摘発され、それを機に疎遠。別々な道を歩む。本書は雑誌『ブルータス』編集時代の物語。彼は浮気を楽しみ僕は苦しむ。

『いつだっていいかげん』梅津和時（河出書房新社）

息を吸うのが音楽。歌うのが音楽なのではない。

＊

『ネコ族の夜咄』村松友視・小池真理子・南伸坊（清流出版）

赤ちゃんに話しかけるのは照れ臭くて出来ないが猫には出来る。犬も好きだが犬好きの人はなぜか猫を嫌う。そんなこともあって、ネコ族は注意深く猫の話をする。道端で猫を見かけてもキャー可愛いなんて言わず、ふと立ち止まるだけである。出あうだけで優しい気持ちになれるからだ。

『嵐山光三郎決定版快楽温泉２０１』嵐山光三郎（講談社）
「湯に力があり、文句なくピカピカの湯である」「やわらかく肌に寄り添い／官能があり／ズンと充電される」。おすすめの二百一湯。湯につかっている著者の顔がいい。オヤジではなく少年のようだ。
『立ち飲み屋』立ち飲み研究会編（創森社）
ひとりで落ち着いて飲める店を僕は知らない。そもそもサービスやムードなんてなくてもいいと思っている。それは作り出すものではなく滲み出てくるものだからだ。おいしければいい。星を見ながらがいい。さっと飲んでさっと帰る。

＊

『悪党諸君』永六輔（青林工藝舎）
こんなに笑ったのは久しぶり。生きて行こうと思った。「ごめんね、難しいかもしれないけど」だって。いいなー。わかりやすいということは大切なことだ。伝えたいことがあるからわかりやすくなるのであって。わかっているからわかりやすく話せるわけで。「二度と逢いたくないからね。いいですね、僕たちは友達じゃないからね」。刑務所での講演集。
『こころと人生』河合隼雄（創元社）
白洲正子がある対談でこんなふうに語っていた。「確か、河合隼雄先生の言っていらっしゃることでは、なんでも自分の好きなものをとにかく見つける。それをいくらでも掘って掘って掘り下げていけば、しまいに地下水に達する。その地下水というのはみんなつながっているわけね」

『ノンフィクションを書く！』井田真木子ほか、藤吉雅春インタビュー（ビレッジセンター出版局）

どう書くかではなく、何を書くか。何を書くかではなく、なぜ書くのか。

＊

『火花　北条民雄の生涯』高山文彦（飛鳥新社）

川端康成の手紙に感動した。「文学者に会いたいと思ってはいけません。孤独に心を高くしていることです」「文壇の評など聞く代りに第一流の書をよみなさい。それが立派に批評となってあなたに働くでしょう」。書かなくてもいいことと書かねばならないことの違いが文学。生き方そのものが文学。

『溺レる』川上弘美（文藝春秋）

和田芳恵『暗い流れ』や古山高麗雄『サチ住むと人の言う』もそうだった。なぜか、おしっこの場面が美しい。「出はじめると、とめどなく出た。さやさやいう音をたてて、雨と一緒に葉をぬらした。目を閉じて、放尿した。サクラさん、さみしいね。メザキさんの声がした。さみしいね、おしっこしてても、さみしいよ、メザキさん」

『マルセ太郎 記憶は弱者にあり 喜劇・人権・日本を語る』森正編著（明石書店）

「個性とはなにか。流行を追わないこと。実に簡単なんです」

＊

小林秀雄の本を読んでいたらハッとするような言葉に出あった。「読まそうとたくらんだ文章などには決して引っ掛からない」。

『素敵なあいつ』高橋咲（河出書房新社）

最後までドキドキしっぱなしだった。劇団「天井桟敷」に通う少女サキとやくざとの恋。あのかたがこんなにかっこいいとは知らなかった。群れるのはみっともないけれど、個はどうなったって素敵だ。映画にならないかしら。M・デュラスの『愛人《ラマン》』のように。悲しくとも清々しくまっすぐな気持ちになれる小説。

『女学生の友』柳美里（文藝春秋）

『水辺のゆりかご』が出た頃、本屋で見かけた著者の言葉が忘れられない。「書くことは、私の秘密を知られること、知られたくないのに、何故書くか？」

『Ｐｉｓｓ』室井佑月（講談社）

キレイと思う気持ちがキレイ。猥褻だと思う気持ちこそ猥褻。でもおまわりさんこういうのありですか？

＊

僕が一番好きな本は、実は本ではなく『小林秀雄講演』（新潮社）という十一時間にも及ぶ音源だ。「人間は、自分の得意なところで誤りますよね。自分のつたないところでは失敗しないですよ」。聴くたびに発見がある。僕には音楽のよう。

『世界のたね　真理を追いもとめる科学の物語』E・ニュート著、猪苗代英徳訳（日本放送出版協会）

タレスからアインシュタインまで。とてもわかりやすい入門書。宇宙のことさっぱりわからない人のために。一つの疑問がとけても、また別の疑問がわく。科学が好きになる本。

『もういちど考えたい　母の生きかた　父の生きかた　1』荒俣宏ほか（ポプラ社）

歳をとると、ますます父に似てくる。それも困ったことに、嫌だなと思っていた部分が似てくる。同じ血が流れているからだ。ならば、その欠点をみがいていくしかない。

『竹中労・無頼の哀しみ』木村聖哉（現代書館）

「動機は不純でいいんだよ」といった言葉を僕は生で聴いたことがある。つまり、その先は純粋でなければならないのだ。

＊

売れない歌手が言うと説得力はないが、売れるものがいいものとは限らない。また、専門家や評論家の言うことが正しいとは限らない。本物か偽物かを見極める目は、たとえよくわからなくとも、自分の感性を信じるのがいい。茨木のり子の言うとおり「倚りかかるとすれば／それは／椅子の背もたれだけ」である。

『獅子身中のサナダ虫』藤田紘一郎（講談社）

「やさしい寄生虫」と「悪さをする寄生虫」がいるとは知らなかった。アトピー性皮膚炎、ぜんそく、花粉症、ダイエットにも効くらしい。体長十メートルのサナダ虫「キヨミちゃん」が可愛く思えてくる。

『われ生きたり』金嬉老（新潮社）

優越感を持とうとすることは劣等感を持っている証拠である。AはAの原因しか知らず、BはAの結果しか知らぬ。

『こころの手足　中村久子自伝　普及版』中村久子（春秋社）

文章がうまいだのしゃれてるだのはどうでもいいこと。感動は魂の純度。

＊

『実りを待つ季節』光野桃（新潮社）

娘を持つお父さんは、きっとみんな泣けてしまうのではないだろうか。こんなキレイな終わり方があるなら、なんかもう、ずうっとぎくしゃくしていたっていいような気さえする。

『もう消費すら快楽じゃない彼女へ』田口ランディ（晶文社）
なぜ人を殺してはいけないかの問いに、されたくないことだからしないとしか僕は考えられなかった。しかし「私は去年、母親を亡くした。母親が死ぬ前に私が伝えたことは『私、生れて来てよかった』っていうことだった。そのことだけは母が生きているうちに伝えなければと思った」。ここにすべての答えがある。生死の問題は理屈でないことをこの本で知った。
『われは蝸牛に似て』八木義徳（作品社）
面白いかどうかは、最初の一行目で決まってしまう。この小説の書き出しはこうだ。実にいい感じ。「私は文学全集などで、いろいろな作家の『年譜』を読むのがたいへん好きだ」。

＊

『昭和時代回想』関川夏央（日本放送出版協会）
その人を知りたくて、その人の本を読むのではない。僕は僕を知りたくて本を読むのだ。自分は何者なのか。それだけが生きるテーマだ。あの時、僕はいったい何を感じ、どこへ行こうとしていたのか。思い出がいまだに恥ずかしがっているが、僕も回想したくなった。本書は読書案内としても最高。高野悦子『二十歳の原点』、吉田満『戦艦大和ノ最期』、夏目漱石『思ひ出す事など』。次々読みたい本が出てきた。

『武満徹著作集　1』武満徹（新潮社）
「ベートーヴェンの第五が感動的なのは、運命が扉をたたくあの主題が、素晴らしく吃っているからなのだ。ダ・ダ・ダ・ダーン」とか「表現することとは、けっして、自分と他を区別することではない」など、一瞬、沈黙する言葉が全編にちりばめられている。
『犬さんちの猫あそび百珍』犬童光範（第三文明社）
表紙だけでも大笑い。猫と遊べば、恋人いらず。

＊

『経済ってそういうことだったのか会議』佐藤雅彦・竹中平蔵（日本経済新聞社）
牛乳瓶のフタを集める話から始まって、お金の正体、株、税金、アメリカ経済など、ちんぷんかんぷんだった僕にはまさに目から鱗。面白い。わかりやすい。装幀もほれぼれする。経済の本で感動してしまった。
『書斎の造りかた　知のための空間・時間・道具』林望（カッパブックス）
南向きの部屋が一番いいとばかり思っていた。しかし、窓からの景色は逆光でまぶしく、意外と落ち着かないものだ。机の上の電気スタンドも左前方に置くのが正しいと思っていた。しかし、これも斜め後ろから照らすいい照明器具があるらしい。ちょっと逆のことを考えてみる、発想と発見の手引き。

『へたも絵のうち』熊谷守一（平凡社ライブラリー）
「下品な人は下品な絵をかきなさい、ばかな人はばかな絵をかきなさい、下手な人は下手な絵をかきなさい」「結局、絵などは自分を出して自分を生かすしかないのだと思います」——。そうだ。歌だってそうだ。

＊

『言葉の箱　小説を書くということ』辻邦生（メタローグ）
いっこうにうまく書けないが、文章読本を読むのが好きだ。桑原武夫『文章作法』、野島千恵子『駒田信二の小説教室』、文学の蔵編『井上ひさしと141人の仲間たちの作文教室』がいい。本書も良かった。「ものを書くうえで大事なことは、知識ではまったくない。あなた方がものを書くのに必要なものはすべてもうあなた方のなかにあるんです」に納得。「ただ、それを発見できないでいるだけです」。無心になること。想像力をみがくこと。これがむずかしい。
『痛快！　寂聴仏教塾』瀬戸内寂聴（集英社）
どんな人に会っても、「この人はひょっとしたら観音さまかもしれない」と思えば、うまくやっていけるかも知れない。小学生から読める、やさしくて楽しい仏教入門書。CD付き。
『東電OL殺人事件』佐野眞一（新潮社）

実は私も「発情」しました。しかし、いたたまれなくなりました。

＊

『戦後文学放浪記』安岡章太郎（岩波新書）

著者の短編が好きだ。『サアカスの馬』『音楽の授業』『悪い仲間』『質屋の女房』など、何度も読み返したくなる。すうっと入っていけるからだ。エッセイのようでいて、いつの間にか小説になってしまうのがすごい。本書は『安岡章太郎集』の後書きに加筆されたものだが、「私の最も苦手とするものを三つ上げれば、学校と軍隊と病院である」といったふうに小説の始まりのようでもある。

『司馬遼太郎全講演　第1巻』（朝日新聞社）

「小説というものは、迷っている人間が書いて、迷っている人間に読んでもらうものなのです」。「ぬめっとしているかどうかが、芸術であるかないかの違い」だなんていいなー。

＊

『ラブ&フリーク　ハンディキャップに心惹かれて』北島行徳（文藝春秋）

やはり、感動は言葉を拒否する。どう伝えたらよいかがわからない。今度、障害者プロレスを観に行こう。きっと笑えたりけなしたり泣いたりできるだろう。

『神に祈らず　大杉栄はなぜ殺されたのか』宮崎学（飛鳥新社）

読みながら金子光晴の「僕は、東にゐるときは、／西にゆきたいと思ひ、」という詩を思い浮かべていたら、ぴったり出てきたので嬉しくなってしまった。深沢七郎の「したいことが善、したくないことは悪」。山口瞳の「美しいものが正しくて、汚いことが間違い」にもつながっている。本書の中のステキな言葉。「歴史を語るならば、ただ感想や評価を述べるだけでは不足である。歴史の極限状況に自分が遭遇したら、いったいどう行動するのかという覚悟を述べるべきである」。

『伝記小説　深沢七郎』浜野茂則（近代文芸社）

性的にショッキングな場面あり。嵐山光三郎『桃仙人』を再読。――「思い出すといろいろあるけど、もうおれいい。深沢さんをネタに書くというのは失礼だから」にじーんと来る。

＊

『紫式部　源氏物語　全一巻』島村洋子（双葉社）

「生き方が文学的だったら、小説なんか読む必要ない」の島村版源氏物語。

『純写真から粋文学へ　荒木経惟写真対談集』荒木経惟（松柏社）

「要するにみんな今、写真でなんとか表現しようと思っているでしょ。そうじゃないんですよ。写真ってのは、もともと相手が表現してるんだから、それをさらっと写しとればいいいんだ」「私の場合、仕事じゃなくて、私事だから」「愛するものしか撮らない」「たとえば九十九%ブスだとしても、一%のいい瞬間を俺は撮ってあげるんだよ」——。美しい人が美しいのではない。美しいと思う人が美しいのだ。

『幻想の手記　褐色のブルース』城真琴（文園社）

たぶん本当のことなのだろう。ちょっと、びっくりするくらい素晴らしい小説。一九六八年、舞台は新宿ジャズ喫茶B。失ったものがあるから、得るものがあったので。府中三億円強奪事件犯人（?）の手記。

『青空』桃谷方子（講談社）

十六歳と七十四歳の恋物語。女の子は魅力的だが、このおじいさん気に入らないなー、などと嫉妬する。

＊

『ぼくはオンライン古本屋のおやじさん』北尾トロ（風塵社）

猫でも抱いて、一日中座っていれば毎日が過ぎていくような、そんなのどかなことを考えて、僕はかつて本屋を二十二年やっていたのだが、もちろん、そうは行かなかったわけで。ところがこの本の著者、店主はまさに猫を抱いている。本を捨てるのも、古本屋に売るのも嫌だから、自分で古本屋をやってしまおうというのがきっかけ。特別パソコンが上手とか商売が好きなわけでもない。お客さんに喜ばれながら、お小遣い程度が稼げるらしい。インターネットで本を売るオンライン古書店の開き方。

『愛をください』辻仁成（マガジンハウス）

一瞬、鳥肌が立った。書簡体のせいか、後半、江戸川乱歩を読んでいるような錯覚に陥った。不覚にも涙。参りました。

『Fの性愛学』ティエリー・ルゲー著、吉田春美訳（原書房）

「Sが散文、Kが詩なら、Fはおそらく音楽だ」と帯に書かれた伴田良輔の推薦文がいい。口で愛する愛の研究書。

＊

『それがどうした風が吹く』松村雄策（二見書房）

自分を棚に上げああだこうだは誰だって言える。人のことより自分はいったい何者なのかを語るのが本当の評論なのではないだろうか。本書を読んでそう思った。本、映画、音楽、プロレス、酒をだしに自分を掘り下げてゆく。同じ土俵に立つ。それが清々しい。

『豆炭とパソコン　80代からのインターネット入門』糸井重里（世界文化社）

パソコンの冷却ファンの音ほどうるさいものはない。説明書は不親切だし、すぐ固まって焦らせるし。でももう一度挑戦してみよう。八十歳のおばあちゃんも楽しんでいるのだ。逢えない人とつながるために。

『随筆集　風のすがた』安岡章太郎（世界文化社）

著者が耳にした小林秀雄のセリフがいい。「世の中に進歩するものなんてありゃしないよ。すべてのものは変化するだけさ。その変化を君たちが『進歩』と呼びたければ呼んだっていい。しかしそれはただの変化であって、ぼくには進歩なんてものじゃない」

＊

『考える日々Ⅲ』池田晶子（毎日新聞社）

何か人とは違ったことをしたいとか、自分を表現したいなどと昔から思っていたので、たとえば、「集団とは、考えない人々の別名である」はわかっても、「ダメな人ほど主張する」にドキッとした。しかし、読んで行くうちにだんだん解けてくる。小林秀雄から学んだ「言う者は知らず、知る者は言わず」につながっているのだ。悩めば地獄、考えれば天国。

『ラブ　ゴーゴー』室井佑月（文春ネスコ発行・文藝春秋発売）

恋する気持ちを、ドドンッパって歌う。すごい。もう、文章が音楽になっている。同時期に出版された『作家の花道』（集英社）では、痔になったら、ダーリンに広げて見せる。日常を文学にしてしまう。理屈がなくて犬や猫みたいだ。こんな女の子に惚れられたら参っちゃうだろうなー。

『在日魂』金村義明（講談社）

元プロ野球選手の裏表のない真っ直ぐな声。感動する魂は一種類である。

＊

『未来への記憶――自伝の試み　上下』河合隼雄（岩波新書）
その人の言葉が信じられるか信じられないかは、心でものを言っているか、頭でものを言っているかの違いである。本書を読みながらそんなことを思った。

＊

『一茎有情　対談と往復書簡』宇佐見英治・志村ふくみ（ちくま文庫）
「本当に素晴しい人は、概して野にあって隠れ、学び、夢み、伝統をふまえ、しかも自分でないとできないこと、また自分ができるわずかなことを、本当の高く深い美しさを真剣に追求している人たちだと思っています」。体中が透き通って来るような芸術論。

＊

『谷崎潤一郎＝渡辺千萬子往復書簡』谷崎潤一郎・渡辺千萬子（中央公論新社）
「今度京都へ行ったらあの靴を穿いたアナタの足をもう一度ゆっくり拝ませて下さい」。ひゃー、なんていやらしいのだろう。しかし、そう思うのは自分もそんなセリフを言ってみたいからであって。『瘋癲老人日記』のモデル、義妹の息子の嫁、千萬子との三百通にも及ぶ書簡集。そこには、美しさと哀しみが残る。

＊

『高峰秀子の捨てられない荷物』斎藤明美（文藝春秋）

どうかしちゃったのではないかと思うくらい泣けてしまった。生き方や考え方やものを見る目や心遣いが、あまりにキレイなので、まるで、自分の心が洗われていくようで涙がこぼれてしまうのだ。無駄な言葉が一つもない。一行目から最後まで、いいなーいいなーの連続だった。ありがとうって言いたい。

『殴られ屋』 晴留屋明（古川書房）

一億五千万円の借金返済のために始めた殴られ屋。「一分間千円で私を殴って下さい」。なにやら劇画タッチだが、「とてもすっきりしました。おかげで犯罪を犯さずにすみました」と挑戦者が感想をもらす。「いても迷惑にならない人間」どころか、主張しない人の凄さがそこにある。人の真似をせず、真似もされず。

『写真集「芸人マルセ太郎」』 角田武撮影・編集（明石書店）

マルセ語録「芸術性なんてどうでもいい。面白けりゃいいんだというのに限って、ちっとも面白くない」

朝日新聞　1999. 4. 4 ～ 2001. 3. 25

あとがき

初のライブ盤を出すことになった。話が急だったので、「えっ、もう少し計画的であってほしいな」と一瞬思ったが、収録し終わると、やって良かったと心から思えた。社長H氏から「善は急げ」「鉄は熱いうちに打て」と連発されたのは正解だった。

これまで何枚かのアルバムを作ってきたが、時々「ライブの方がいいね」と言われると実はガクッと来ていたのだ。それは、たぶん僕に限らず、誰だってそうで、そりゃあ生の方がいいに決まってる。ライブは一度きり、やり直しがきかない。うまくいくかどうかは、ステージに立ってみなきゃわからない。

しかし、もともと、音を足したり、加工したりするのは好みでないから、ライブ録音というのは僕に合っているのかも知れない。より緊張感があって、思いはまっすぐに伝わる。

プロデューサーT氏は、何度かライブに来てくれたらしい。〈父さんへの手紙〉や

〈パパ〉や〈グッバイ〉を聴くと、「泣けてくる」と言った。「ああ、嬉しいな」と思った。涙は心の声だからだ。

もしも、この本を読んで、僕の歌に興味を持ってくれる人がいたら、最新作を聴いていただきたい。これが、今の僕だからだ。そう胸を張れるのも、これまでに僕と関わってきてくれた、すべての人のおかげである。

歌とは何か、音楽とは何か、僕はいつも考えていた。文章を書いてきたのも、それを知るためでもあった。

まとめるにあたって、『ぼくは本屋のおやじさん』の時と同様、晶文社の島崎勉さんにお世話になった。ありがとう。そして、僕の歌を「いいね」と言ってくれた人に、勇気を与えてくれた人に、僕に歌を歌ってくれた人たちに、感謝します。

早川義夫

二〇〇二年六月

続・赤色のワンピース

　妻と不仲になったわけではないが、六十歳を過ぎて、初めて独り暮らしを始めた。ライブが終わって打ち上げをすると、家に戻れなくなってしまうし、東京に仕事場のようなものがあったら、練習も作曲もはかどり、もしかしたら、恋も生まれるかもしれないと思ったからだ。

　気分としては、中学生ぐらいになった男の子が誰にも邪魔をされない自分の部屋が欲しいよといったような感覚と似ている。炊事洗濯掃除は苦ではない。正直、寂しい時もあるが、自由で気楽だ。これで歌が生まれ、恋人がそばにいたら何も言うことはないが、こればかりは思うようにいかない。

　もう赤色のワンピースは似合わない老いた妻が、東京に用事があった時、僕の部屋に寄る。何をするわけでもない。ただ、お昼ご飯を食べたりするだけだ。ある日、

「僕のどういうところが欠点なんだっけ?」と訊いてみた。すると、「ちょっとしたことでイライラする。くどい。ねちっこい。冗談がきつい。外見が悪い。性格も悪い」と即答された。

「いいところは?」「それは、感性しかない! 感性はいいと私は思う。あとは何もない。男として最低。人として最低。感性の良さだけで結婚してしまって、私だまされた」「昔さ、俺のどういうところが好きって訊いたら、性格の悪いところが好きって言ってくれたじゃない。あれいいな」「そうね。それにならされちゃった。仮にやくざみたいな人が来たら、私を守らないで、逃げちゃうでしょ」「あたりー」

「しーこって、面白いセリフ言うの、上手だよね。この間なんか、僕がヒッチコックの〈見知らぬ乗客〉面白かったー、交換殺人の話なのって言ったら、『私を殺さないでよ。相手の女の子が結婚を望んだら、私いつでも離婚しますから。そのかわり、よしおさんが死んだら、ちんこちょうだいね』って。それ、日記に書こうとしたら、子どもたちから、ものすごく反対されて、結局、ホームページに載せなかったじゃない。みんなとセンスが違うんだね」

「面白いこと言う女の人、他にいないでしょ。私が死んだらつまらなくなるわよー」

「いや、いるよ。いるけど、言うと、しーこ、やきもちやくからな」「そんなことないわよ。私がさらに面白いこと言う。私、負けず嫌いだから」「最近、付き合っていた女の子からね、『よしおは戦争に行ったことがあるの？』って訊かれた。びっくりしたよー」「わー、私、それには負けた」

単行本五刷りより書き下ろし　2011.9.15

文庫版のために

うちらラブラブ

僕にはまったく不釣り合いの恋人が出来た。僕は有頂天になり、逢えばしたくなる。だが、彼女は非常に忙しいらしく、めったに逢ってはくれない。月に一度、逢えるか逢えないかくらいなのだ。僕はせめて週に一度くらい逢いたいのに、月に一度だとすると、頭の中はそればっかりになってしまう。

部屋を片付け、お風呂も掃除をし、お布団も干し、逢える日は準備万端だ。よくある恋愛映画のように、玄関のドアを閉めた途端、激しく抱き合いたいくらいなのだが、嫌がられるといけないので、じっと我慢する。平静を装っているつもりが、待ち合わせ場所から、僕の顔はやりたい気持ちであふれかえっているかも知れない。

ある時、彼女から「そればっかり」、「私でなくてもいいんでしょ」と言われた。愕然とした。どうして僕の気持ちをわかってくれないのだろう。恋しくて、毎日名前を叫んでいるというのに。誰でもいいわけではない。彼女とだけしたいのだ。いったい、彼女は僕のことをどう思っているのだろう。訊ねると「わからない」と答えた。やけに簡単に「一番好きよ」と答えてくれた時もあった。「ホントかな」と僕は疑う。言葉ではなんとでも言えるからだ。チャコのキーホルダーを作ってくれたのには感激した。でも、ついそのことを忘れ、僕に対しての愛情が感じられないと、「なーんだ」という気持ちになってしまう。

「私のどういうところが好き?」と問われたので、「うーん、可愛いところかな」と答えた。それは一般的な可愛さを指しているのではない。彼女さえ気づいていない部分を僕は可愛いと思うのだ。「僕のどういうところが好き?」と訊くと、「面白いところ」と言われた。面白い人はたくさんいるだろうにと思った。僕はいつもあせって、失敗を繰り返す。はたから、「あんなんでいいの」と言われてしまうくらい僕のダメな部分を面白がってくれたらいいなと思う。

世代が違うので言葉が違う。僕が「えもんかけ」と言っても、彼女には一瞬何のことかわからない。「ハンガーでしょ」と言われて、初めて僕は「えもんかけ」が死語だと気づく。「タンマ」という言葉も通じなかった。「ちょっと待って」という意味なのだが、「タンマってなに？」と訊かれた。逆に僕は彼女が放つ若者言葉が好きだ。もしかしたら若者言葉ではなく、彼女自身の口癖なのかも知れない。美味しいものを食べた時「うまっ！」と言う。聞くと嬉しくなる。もっともっと「うまっ！」を聞きたくなる。

決して僕はセックスだけを望んでいるのではない。彼女の歓ぶ顔が見たいのだ。でも、もしも、セックスで彼女を悦ばすことが出来たら最高だろうなと思う。それは男の本望だ。なかなかそうはいかないから、もっとチャンスをもらえたらなと思うのだ。悲しいことが一度あった。ふた月ほど逢っていなかった時、「彼女できた？」と訊かれたので「いや全然。君は？」、彼女は嘘をつけない性質らしく、「一度だけ」と言った。「したんじゃないよ。されたんだよ」と付け加えた。そのセリフが頭から離れない。

妻にこぼす。「この間、やけに私に絡んできたのは、欲求不満だったたんだ」「別にしたいわけじゃないよ」「そんなことはわかっております。とりあえず、女の子に謝りなさい。これからは、あなたの気持ちを大切にしますと伝えなさい。相手がしたくないのに、しようとするのはセクハラよ。彼女の気持ちを傷つけているのと同じことなのよ」と、電話口で真剣に怒られた。「一緒に歩いてくれたり、一緒にご飯を食べてくれたり、カラオケに連れて行ってもらったり、それだけでも感謝しなきゃいけないのに。だって、あなた、一人でカラオケに行けないでしょ。卓球だって一人じゃできないし。これからは、逢う時は一人で五回ぐらい出してから逢いなさい」

「今まで付き合った女の子は、こんなことでぶつかったことはなかったんだけどな」「女の子は、セックスが好きな人もいれば、好きでない人もいるの。たまたま、好きでない人を好きになってしまったんだから、しょうがないじゃない。一緒にいるだけでも楽しいんでしょ」「うん。前に、山手線に乗っていた時、坐れなくてね、ふたりで立ってたの、手をつないで。電車が揺れるたび、おっとっとって僕はふらつく、彼女はそのたびに笑いながら両手で支えてくれたの。そしたら、中年の外国人女性が僕に席を譲ろうとするんだよ。いや、いいですって断ったんだけど、なおも、どうぞって。孫とおじいちゃんに間違えられた。デイト中だったんだけどね」

文庫版書き下ろし　2012.9

僕たちの夜食

柴草玲さんとは、これまでに三回ぐらいしか逢ったことがない。それもライブの時だけ、ゆっくり喋ったこともなければ、お酒を酌み交わしたこともない。今回、ジョイントライブを企画するにあたって、せっかくなら、どこかでお食事でもしながら、作戦を練っても良さそうなのに、一度も逢わず、日程、会場選び、ライブタイトル、ライブ構成、共作に至るまで、すべてメール、あとは数回電話でちょこっと話しただけだった。

まさか、避けられているとか、嫌われているわけではないと思うが、お互い出不精のせいがあるかも知れない（僕は逢いたかったのだが）。恋人同士ではないし、なりそうな気配も、そんな隙もないから（柴草さんは自分のプロフィール欄に「身持ちは堅い」と書いておられる）、気安くつるむのを避け、一定の距離感を保ち続けた方がより良い緊張感が生まれると無意識がそうさせたのかも知れない。

「ふたりで曲が作れたらいいね」は共通した思いだった。韻を踏んだ言葉をやり取りして、お互いに、作曲してゆくのはどうかしらという案もあったが、とりあえず、メールのやり取りをしていく中で、歌の元になるものが生まれたらいいねという感じで、「往復書簡」が始まった。ある日、僕は眠れない夜があって（いつものことだが）、うつらうつらしているのも無駄だから、いっそ起きてしまおうと、パソコンを開いたら、柴草さんからのメールを見つけた。それはまるで、夜食みたいであった。

柴草さんから、「『夜食』っていう言葉いいですね」というヒントをもらい、〈僕たちの夜食〉という詞が書けたので、良かったら曲を付けて下さいと送った。まもなく、曲がパソコンに送られてきた。ちゃんと、ハモリも入っている二重録音だ。おー、素晴らしい。これ、コマーシャルソングになるんじゃないのと思うくらい、何度も口ずさみたくなるメロディであった。コードを教わり歌ってみると、聴く分には簡単そうに思えたのに、微妙なメロディラインとややこしいコードがところどころにあり、正確に歌えるようになるまで、毎日一回は練習した。歌い終わると、また歌いたくなる。地味な歌なのだが、不思議とあとを引いた。

柴草さんは育ちが良いのか、何なのかわからないが、言葉づかいが丁寧で、常に気遣いを感じた。「どうして、そんなに、性格がいいのですか？」って訊ねると、「いや、私は、本当は性格悪いのです」という返事が返ってきた。謙遜だ。あるいは、人間の心の中というのは、正しいことばかりを考えているのではなく、悪いことも考えてしまうことをちゃんと意識しているからなのだろうなと思った。

「往復書簡」が一カ月続いたころ、これ、朗読したら面白いかもしれないですね、という提案がどちらからともなく出た。お互いに音楽的に認め合っていても、親密な仲というわけではない。なのに、誤解を恐れず本音を言い合えたことが僕は嬉しかった。それをみんなの前で朗読するのは、決して悪くはないと思ったが、うまく行くかしらという不安はあった。よく見かける詩の朗読、実は僕は苦手で（じっくり聴いたこともないのにいけない想像だが）、妙な間《ま》を開けたり、感情を込め過ぎたり、芝居がかっていて、気取っていたり、気恥かしく感じるのだ。しかし、今回は詩ではない。単なる手紙の朗読である。森繁久彌の言葉通り、「歌は語るように歌い、セリフは歌うように語る」を心がければ、もしかしたらうまく行くかも知れない。

ＢＧＭは柴草さんにお願いした。柴草さんはピアノを弾きながら自分の手紙を読む。彼女の弾くピアノは、人をびっくりさせるような音や意味ありげな音や何かを誇張するような音ではない。あえて喩《たと》えるならば、ふたりの間に流れる静かな川、切ない夜空であった。終演後、「往復書簡」の朗読と〈僕たちの夜食〉のデュエットが自分でも良かったと思ったので、知り合いのお客さんに「良かったですよね」と声をかけた。この日、聴いた方は世界でたった三十七名だから、好評だったと自慢するわけではないが、僕は満足だった。初めての体験もあった。〈僕たちの夜食〉を柴草さんと連弾している時、お互いの腕と腕の肌ではなく産毛が、ほんの数回触れ合う瞬間があった。その時、歌いながら、なんとも言えぬ恍惚感を覚えた。恍惚感という言葉がいやらしければ、電流が走ったように感じた。

日記　2012.8.4

＊「僕たちの夜食」（作詞早川義夫 作曲柴草玲）、「イカ女と猫のミータン往復書簡」第1部　第2部（朗読 柴草玲 早川義夫）はYouTubeで見られます。

忘れられない一冊

読んだことはないけれど忘れられない本がある。題名だけで読んだ気になってしまうのだ。というより、未だに読み続けているような気さえする。淀川長治著『私はまだかつて嫌いな人に逢ったことがない』だ。

著者のお顔はテレビでしか知らないが、あの笑顔を思い浮かべると、やはり題名通り、嫌いな人に逢ったことがないのだろうな、と思えてくる。なんてステキな生き方だろう。

それに比べ僕はどうしたことだ。これまでに、どれほど人を嫌ってきただろう。喧嘩や言い争いはそれほどないが、心の中で、誰かしらを不快に思い、不潔に感じ、不信をつのらせ、怒りと憎しみまで覚えたことがある。

もちろん、気づいていないだけで、逆に僕が人から疎ましく思われたり、毛嫌いされ、恨まれた場合もあっただろう。人の欠点は気づくのに、自分の欠点は気づかない。

加害者は忘れがちであり、被害者は一生忘れられない。

何が嫌かっていうと、自惚れほど醜いものはない。僕も落ち込みが激しい分、つい自惚れてしまう。自分の存在を認めてもらわないと生きていけないからだ。しかし、嫌な感じで批判されたり、見下されたり、誤解を受け、寂しい思いをしたって、自分なりに納得していれば、なんてことはない。背伸びをしなければ、ちゃんと歩いて行ける。

人間として出来ている人は自慢しない。人をけなさない。言い訳を言わない。欲張らない。謙虚である。

自分は正しいと思っている人は正しくない。自分はもしかしたら間違っているかも知れないと思っている人は正しい。

どうしたら、人を嫌わず日常を過ごすことが出来るだろう。たとえ好きになっても、距離が大切なのではないだろうか。この人は、聞く耳を持たないな、嫉妬心と劣等感の塊だな（僕のことか？）と思ったら、距離を置くしかない。好きになれるところまで、離れてしまえばよいのだ。

顔を合わさねばならないとしたら、それは、神様がくれた試練だと思うしかない。汚れた精神を垣間見た瞬間、真実がわかる。

嫌な人が人生に彩りを添えてくれているのだ。そう思えば、「私はまだかつて嫌いな人に逢ったことがない」と、にこやかに生きてゆくことが出来るだろう。

週刊朝日　２０１２年２月10日号掲載

文庫版あとがき

『たましいの場所』（二〇〇二年刊・晶文社）が二〇一一年に品切重版未定となった時、僕はまあこんなものだろうとあきらめ、手元に一冊しかないのも心もとないので、中古品をamazonから一冊購入した。その話をＨＰの日記に書いた翌日、版元の松田アキさんから熱いメールが入り、たちまち重版が決まった。「続・赤色のワンピース」を加筆。銀杏ＢＯＹＺの峯田和伸さんが「この本に何回助けられたかわかんないよ」と帯文句を寄せてくれ、宮藤官九郎さんは「スミスの本棚」で本書を取り上げてくれた。素通りできない方たちがいてくれたのだ。

文庫化のお話は筑摩書房編集局の井口かおりさんからいただいた。「この本は電車の中で読めませんね」「えっ、どうしてですか？」「泣けちゃうから。新たな読者に届けたいんです」と語ってくれた。

文庫化するにあたり、「僕たちの夜食」「忘れられない一冊」を追加、「うちらラブラブ」を書き下ろした。年老いて一度だけモテた話だ。モテたと言っても錯覚かも知れない。夢かも知れない。あっけない幕切れが待っているかも知れない。

「あとがき」というのは、まるで遺書のようだ。言いそびれたこと、伝えきれなかったことが浮かんでは消え浮かんでは消えてゆく。ああ、でももうそのことはどこかに書いたような気もするし、心残りはあってあたり前かも知れない。心だけが残ってしまうのだ。わかってくれる人は語らずともわかってくれるだろうし、わかりあえない人とは、どんなに言葉を費やしても駄目だろう。「ありがとう」と言えれば十分である。

早川義夫

二〇一二年九月

オマージュエッセイ
「たましいの場所」について

七尾旅人

たましいの在り処をこれほど考えた一年半はなかった。

二〇一一年三月十一日、余震と余震の狭間で、暗がりの中ぼんやりと明滅するＴＶの前で、歌の無力を思った。三月十三日、約百曲はあったはずのライブレパートリーをおそるおそる振り返る。今すぐに歌える曲は、この中で一、二曲しか無いと思った。ゼロから出直しだと。

なんとか身を奮い起こし、動き始めたのは三月十四日から。放射能降る路上で友人たちの安否を思いながら作曲した「帰り道」。買い出しに来たスーパーマーケットは、どの棚も空っぽだった。騒然とした路上で携帯電話を使って録音し、書き付けた、メロディと言葉。Twitter上でのお客さんのメッセージに勇気を得て、背中を押してもらいながらYouTubeにアップロードしたが、「こんな時に歌でもないだろう！」という批判を受け、まさに自分も、同じことを思いながらの提示だったので、精一杯、甘受しながら、音楽に携わる人間にやれることが他にもあるのではないか、と模索した。同時に、DIY HEARTSという義援金サイトを立ち上げ、そこには、日本のアンダーグラウンドを代表する表現者たち、東北のアーティストたち、そして三歳のちいさな女の子に至るまで、さまざまな方が想いに満ちた作品を届けてくださった。

ただ、がむしゃらに動けば動くほど、僕の居場所は壊れていった。僕のたましいが帰る場所。愛した響き。よるべを失った僕は、十代の頃のように、歌こそが自分の家なのだと思うようになっていった。浮遊する無数の歌たち。

動き続ける中で、さまざまな歌に触れた。歌とは生命の過剰であると思う。産声を上げたその日から、誰もが日々、歌っている。ちょっとした挨拶、微笑みの交わし合い、なじったり、うかがったり、励ましたり、包み込んだり、懸命な伝達、響き合い、もつれあい、不協和となり、打ち据え合う、その全てが歌に見える。それらがさらに過剰化すると、生命はある秩序を希求し始め、音楽と呼ばれるものに変わる。

誰もが断崖に立たされ過剰に目前をみつめようとしたこの月日は、歌が氾濫した日々だったとも言える。

でもぼくはなかなか信じられる歌を見つけられずにいた。憎しみ、罵倒、嘲笑、そんなものじゃなくて、僕が聴きたかったのは……。

ひたすら身体を動かし、曲を書き続けた。トライ&エラーの繰り返し。

そして耳を澄ませ、明日の音を待ちわびた。

歌うべき、聴くべき何かを見失った僕に、新たな響きを聴かせてくれたのは、東北で出会った友人たちだった。震災から一カ月足らずのいわきで胸の内にある決意を聴かせてくれた最初の友達、大工のMさん、代々守り育んで来た果樹園を汚染されながらも決して諦めることなく前を見続けるAさん一家や、福島を起点とした創造で大きな障壁と向かい合い未来を見いだそうとしているプロジェクトＦＵＫＵＳＨＩＭＡ！の皆、そして僕や僕が連れて来たミュージシャン仲間を幾度となくナビゲートし、なかなか共有されることのない現状について教えてくれる、南相馬の友人、Ｋさんや、Ｍさん。

そしてもう一人、忘れることの出来ない響き、それは宮城県荒浜から山形に避難した少女、Nがかけてくれた言葉だった。彼女は僕にこう言った。

「わたし、お礼が言いたくて。津波で家族もレコードも大切にしてたピアノもみな流されました。でも、七尾さんの歌は残っているんです」

僕は呆然とした。少年時代からずっと、誰かの歌は、僕の友であり、家のようだった。再生ボタンを押した直後に溢れ出すそれ。人間以上に人間らしく、血よりも血で、肉よりも肉であったそれ。歌から歌へ、細い綱を渡りながら、なんとか歩いた日々。全てが消え去っても、歌だけが後に残れば良いと思って生きて来た。でも実際に歌だけを携えた少女を目の前にして、僕は二の句が継げなくなってしまった。

歩いた。これらの響きを頼りにして。無数の響きの中をかいくぐりながら。

僕に響きを与えた最後の一人は横浜の海辺にすむYだった。僕は彼女に恋していつからか自宅にも帰らず宿を転々とするようになり、罪悪感に苛まれながらも、彼女が浜辺に連れていってくれることだけを唯一の楽しみにした。僕は津波が悲しかった。そのあと海が汚染されたことが悲しかった。この汚染をもたらした一因は紛れもなく自分自身だ。だから例年の何倍も海に身体を浸した。四国の海辺で育ち、海鳴りを聴いて育った自分は、変質してしまった海へのイメージをゆっくりと再構成していった。僕とYは歌を大量に作ったが、間違ったことばかりした。得たもの以上に失ったものが多かった。

俗にまみれた身体で歩き、歌い、ようやくマイクの前に辿り着き、吹き込んだアルバム。これは、いったい、誰に聴かせるものだろう？　もうYはいない。昔のような家も無い。こんなものを、東北の友人に、聴かせられるのだろうか？　十五歳、学校に通うことをやめ、希望の気配すら感じられない田舎町の廃工場や海辺でただひたすら鬱屈していた頃、偶然に作曲行為を始めた時と同様の方法で、三十二歳の僕は新しいアルバムを録った。楽器を持っておらず、ただ声しか無かったあの頃。和音感に頼ることなく口頭だけで伝えられるような旋律で、アルバム『リトルメロディ』を描いて行った。完成した。達成感は無く、鈍い痛みが残った。塞ぎ込んでいた僕は、偶然、一冊の本に出会う。十代の頃、僕に歌というものを刻み込んだアルバム『花のような一瞬』の作者、早川義夫さんのエッセイ集。むさぼるように読んだ。ようやく今必要な言葉に出会えたと思った。たましいの場所はどこにある？　僕などには到底わからない。歌の中にしか、それは無いではないか？

推薦文

「誰かに悩みを相談するくらいなら、
この本を繰り返し読んだ方がいいとさえ思っています。
これは本当にいい本」

宮藤官九郎〈脚本家・監督・俳優〉

本書は、二〇〇二年七月、晶文社から刊行された『たましいの場所』に一章分加えたものです。

ちくま文庫

たましいの場所《ばしょ》

二〇一二年十二月 十 日 第 一 刷発行
二〇二五年 五 月二十五日 第十四刷発行

著　者　早川義夫（はやかわ・よしお）
発行者　増田健史
発行所　株式会社 筑摩書房
東京都台東区蔵前二―五―三 〒一一一―八七五五
電話番号 〇三―五六八七―二六〇一（代表）
装幀者　安野光雅
印刷所　中央精版印刷株式会社
製本所　中央精版印刷株式会社

ISBN978-4-480-43005-2 C0195